KB121258

로크미디어가
유혹하는
재미있는 세상
ROK
MEDIA
로크미디어

이것이 삶이다

이것이 법이다 28

2017년 11월 2일 초판 1쇄 인쇄
2017년 11월 7일 초판 1쇄 발행

지은이 자카예프
발행인 이종주

기획 팀 이기헌 왕소현 박경무 이승제
책임 편집 최전경

발행처 (주)로크미디어
출판등록 2003년 3월 24일
주소 서울시 마포구 성암로 330 DMC첨단산업센터 3층 314호
Tel (02)3273-5135 **Fax** (02)3273-5134
홈페이지 rokmedia.com **E-mail** rokmedia@empas.com

값 8,000원

ISBN 979-11-294-0811-2 (28권)
ISBN 979-11-255-9575-5 04810 (세트)

자카예프 장편소설

이 소설은 픽션입니다.
등장하는 인물 및 지명 등은 현실와 연관이 없습니다.
또한 소설 내에 나오는 법이나 법리 해석의 경우에도 대중문학의 극적 전개를 위하여 일부분 과장되거나 변형된 것이 존재하니 실제 법과 혼동하지 않으시길 바랍니다.

CONTENTS

미친놈들의 향연

“백승모가 폭력 조직의 수장이었다고요?”

유창식은 그 이야기를 듣고 자신의 귀를 의심했다.

지금까지 모든 변론은 백승모가 도정만의 괴롭힘으로 인해 정신적 이상이 발생했다는 데 맞춰져 있었다.

그런데 백승모가 폭력 조직의 수장이라니?

“평범한 조직도 아니고 도정만이 이끄는 하이에나와 대척점에 있던 조직입니다, 자칼이라고.”

“자칼?”

“네, 해당 지역 경찰에서도 알더군요.”

이미 정보 팀에서 경찰 내부를 통해 알아본 후였다.

“자칼은 하이에나와 대척점에 있는 조직으로 그 지역을 양분하고 있는 조직입니다. 뭐, 조직이라고 해 봐야 고등학생 수준의 조직이기는 합니다만."

제대로 된 폭력 조직은 아니지만 학생들에게서 갈취나 가벼운 절도 등을 하는 놈들이다 보니 경찰에서도 그들의 존재에 대해 알고 있었던 것이다.

"아니, 그런 정보를 왜 주지 않은 겁니까?"

유창식은 이를 박박 갈았다.

"당연하죠. 지금 백승모 구하기가 이루어지고 있는 상황입니다. 그런데 경찰이 제대로 주겠습니까?"

수사를 지시하는 건 검사지만 직접 수사하는 것은 경찰이다.

당연히 경찰에서는 백승모에 대해 알고 있었을 것이다.

그런데 그 부분은 완전히 빼고 넘어온 수사 기록.

"아마 경찰에도 이미 손써 놨을 겁니다."

유창식은 이를 빠드득 갈았다.

이건 애초에 무기도 안 주고 전쟁터에 나가서 싸워 이기라는 소리가 아닌가?

"애초에 모든 게 준비되었을 겁니다."

"네?"

"경찰에 신고되는 순간부터 계획된 거라는 거죠."

"……."

사실 맞는 말이기는 하다.

애초에 사건이 발각된 것도 자수하거나 주변인이 신고한

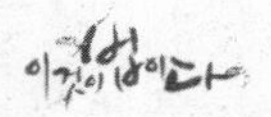

게 아니었다.

사건이 발각된 건 사건이 벌어진 별장에서 붙어 있는 말벌집 때문이었다.

말벌은 위험하다.

그런데 그 옆에 있는 별장의 관리인이 말벌집을 발견하고는 날이 따뜻해지기 전에 미리 없앨 생각으로 다가갔다가 창문 너머에 보이는 도정만을 발견한 것이다.

"아마도 발각되지 않았다면 없었던 일이 될 겁니다."

기록에 따르면 도정만은 숱하게 가출한 불량 청소년이다. 당연히 가출로 처리될 게 뻔했다.

'더군다나 대한민국에서는 남자는 무조건 가출 처리되지.'

노형진 때문에 한번 그 규정이 문제가 된 적이 있다.

남자는 실종이 아니라 가출로 처리되면서 제대로 수사가 이루어지지 않았던 것이다.

염전 노예 사건이나 선원 사건 등 많은 사건이 벌어졌지만, 여전히 경찰에서는 수사의 편의성을 이유로 남자의 실종은 무조건 가출로 넘겨 버리고 있었다.

"애초에 유창식 검사님에게 사건이 배당된 것 자체가 계획입니다."

"네?"

"상대방은 다름 아닌 상업회의소 회장의 손자입니다. 그런데 왜 유창식 검사님에게 배정되었을까요?"

"그게 무슨……?"

"유 검사님, 찍히셨죠?"

노형진이 싱긋 웃으면서 말했지만 유창식은 그 말을 부정할 수가 없었다.

자신은 찍혀 있다.

하긴, 진정한 정의를 추구하는 몇 안 되는 검사 중 한 명이니 당연히 찍혀 있을 수밖에 없다.

위의 말을 안 들으니까.

"그거랑 저한테 배당된 거랑 무슨 관계가 있다는 겁니까?"

살짝 기분 나빠하는 유창식.

노형진은 안타깝다는 듯 그에게 설명했다.

"설마 정의를 위해 유 검사님에게 배당되었겠습니까? 그런 거라면 위에서 압력이 내려올 리 없지요."

"그럼?"

"찍어 내기죠."

이 사건은 엄청나게 언론을 탔다.

하지만 백승모의 할아버지가 대한상업회의소 회장인 만큼 처벌하는 것도 곤란하다.

"그러면 풀어 줘야 합니다. 검찰청의 입장에서는 부담스럽죠. 여기서 지면 엄청나게 깨질 겁니다."

"큭."

유창식은 속으로 신음 소리를 삼켰다.

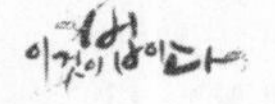

"내가 책임을 지라는 거군요."

"네."

이건 질 수밖에 없도록 설정된 사건이다.

그런데 또 지면 언론에서 무능한 검찰이라고 물어뜯을 건 자명한 일.

"그러니 찍어 내도 문제가 안 되는 사람에게 배당한 것이지요."

유창식은 말을 안 듣는 검사다.

그리고 이건 모든 재판이 준비가 다 되어 있는, 질 수밖에 없는 재판이다.

"언론에서 물어뜯으면 검사의 무능을 탓하면서 좌천을 시키려는 수작일 겁니다."

"젠장…… 빌어먹을 놈들."

말 그대로 1타 3피라고 해야 할까?

그들은 사건을 덮어 버리는 것과 동시에 말 안 듣는 검사를 찍어 낼 수도 있고, 또 언론에 적당한 희생양을 내밀 수 있는 것이다.

"만일 내가 찾아오지 않았다면……."

유창식은 갑자기 소름이 돋았다.

만일 자신이 화가 나서 외부에 도움을 청하지 않았다면 아마도 제대로 저항도 못해 보고 무너져 그대로 좌천당했을 것이다.

"그럼 어쩝니까? 주신 자료로 저항해 볼까요?"

가장 좋은 것은 노형진이 알아낸 자료로 저항하는 것.

하지만 노형진은 고개를 흔들었다.

"그렇게 해도 의미가 없을 겁니다."

"네?"

"일단 불법으로 얻은 자료는 아무런 효력도 없는 거 아시죠?"

"그렇죠, 참. 하아."

현행법상 검사 측에서 불법으로 얻은 자료는 재판에서 아무런 효력도 인정받지 못한다.

한데 노형진이 얻은 자료는 유창식이 무단으로 외부에 사건을 공개해서 얻은 것이니 당연히 법적으로 인정받지 못한다.

그렇다면 이미 이야기가 다 끝난 재판부에서 증거로 인정하지 않을 것이다.

"그러면 경찰에 신청하면?"

"줄까요?"

이미 작심하고 숨긴 경찰이 그걸 줄까?

그건 무리다.

"그러면 어떻게 하란 말입니까?"

이러지도 저러지도 못하는 상황.

"이럴 때는 살짝 애들을 자극하면 됩니다."

"애들?"

"네, 언론에서 좋아할 만한 떡밥을 던져 주면 되는 거죠,

후후후. 부탁할 게 있습니다. 제 말대로 해 주시면 됩니다."
노형진은 왠지 즐거운 표정으로 실실 웃기 시작했다.

⚖

자칼.
백승모가 다닌 학교의 폭력 조직으로, 그 수가 무려 여든 명에 달한다. 그곳에서는 한창 회의가 진행되고 있었다.
"형님이 재판 중이잖아! 이대로 넘어갈 거야?"
"우리가 뭐 어쩌라고? 이미 변호사까지 다 선임된 건데."
그들은 자신들의 큰형님인 백승모가 재판하고 있다는 것에 놀라면서도 한편으로는 어떻게 해야 하나 고민하고 있었다.
"형님이 우리를 위해 얼마나 노력했는데. 너희들 진짜 그러는 거 아니다."
"끄응……."
작년까지만 해도 백승모는 이 학교의 짱이었다. 그 덕분에 형사처벌까지 갈 수 있는 것도 상당수 덮었다.
"하지만 우리가 할 수 있는 건 없잖아? 우리가 무슨 변호사를 선임하겠어? 아니면 뭐, 증언이라도 해 주겠어?"
그들은 자세한 내역을 모르고 있다.
언론에서도 그런 이야기는 하지 않았다.
자세한 내역을 이야기할수록 백승모에게 불리하기 때문이다.

그렇다 보니 그저 백승모가 불쌍하다는 뉴스만 계속 내보내고 있어 그들은 진짜 그렇게 생각하고 있었다.

"응원이라도 해 드려야지."

"응원? 어떻게? 팬레터라도 보내 드려?"

"장난하냐? 우리의 의리가 그거밖에 안 돼? 우리 조직이 건사하다는 걸 보여 줘야 할 거 아냐."

"그러니까 어떻게?"

중학생이나 고등학생쯤 되면 조직이니 의리니 하는 것에 대해 무척이나 환상을 가지고 있다.

그래서 의리 이야기가 나오자 다들 그쪽으로 쏠려 가기 시작했다.

"음…… 지난번에 뉴스에 나온 거 어떨까?"

"어떤가?"

"회장님이 출두한다고 회사에서 해 준 거 말이야."

"아."

다들 그 뉴스를 기억하고 있었다.

그들이 보기에는 평소에 꿈꾸는 완벽한 조직의 모습이었다.

"그런 거 해 드리면 어때?"

"그럴까?"

"우리 조직의 세를 자랑하면 그쪽도 겁먹지 않겠냐?"

"그렇기는 하겠네. 공부만 하던 검사들이나 판사들이 우리 같은 조직이 얼마나 큰지 알기나 하겠냐?"

그들은 점점 말도 안 되는 생각을 하기 시작했다.

"그런데 숫자 좀 적지 않냐?"

자칼의 숫자는 여든 명.

많다면 많은 숫자이기는 하지만 재판하러 가는 백승모를 위해 위력 시위를 하는 것치고는 좀 초라했다.

"우리가 동원할 수 있는 애들 다 동원하면 되지 않을까?"

"동원할 수 있는 애들?"

"그래. 진짜 조직원인지 알 게 뭐냐?"

"하긴."

중요한 건 현장에 있는 애들 숫자이지, 진짜 조직원의 숫자가 아니다.

"이번이 기회야. 너희들, 얼마 전에 하이에나가 날아간 거 알지?"

"알지."

그쪽이 왜 날아갔는지는 알 수 없다. 하지만 갑자기 그쪽이 세를 잃어버렸다.

물론 일부는 아직 버티고 있기는 하지만 그 숫자는 미미한 상황.

대부분의 멤버들, 특히 핵심 멤버들이 뭘 잘못 먹었는지 마음을 고쳐먹고 탈퇴해 버린 것이다.

원래는 탈퇴하면 집단 린치를 하는 규정이 있지만, 남은 애들보다 탈퇴한 애들이 더 많아서 그마저도 못하게 된 상황이었다.

그러자 그동안 탈퇴하고 싶어도 못하던 사람들까지 모조리 이탈하면서 이제 하이에나는 반의반도 안 되는 숫자만 남았다.

"이참에 우리 세력을 늘리자고. 그렇게 한번 쇼하고 나면 이쪽 바닥을 흡수할 수 있지 않겠냐?"

"이쪽 바닥을 흡수하자고?"

"남아 있는 하이에나 애들이랑 딜을 하자 이거야. 합치자고. 그러면 송구고등학교에서 들어오는 상납금도 우리가 먹을 수 있어."

다들 침을 꿀꺽 삼켰다.

"그게 가능해?"

"그럼."

하이에나는 힘을 잃었다.

그러니 지금 남아 있는 녀석들에게 상납금을 나누자고 하면 그 녀석들은 버틸 수가 없다.

학교 내부에서는 녀석들이 짱일지 몰라도 바깥에서는 이제 자신들이 짱인 것이다.

"그 녀석들도 조직이 무너져서 걱정할걸. 적당히 나누자고 하면 우리랑 싸우기보다는 나눌 거야."

"흐흐흐."

한 학교에서 걷는 상납금은 작은 게 아니다. 대번에 수익

이 두 배로 늘어나는 것이다.

"그러려면 일단은 우리가 힘자랑을 좀 해야 해."

"그러니까 형님에 대한 의리도 지킬 겸 힘자랑도 하자 이거네?"

"그렇지. 애들 좀 모으면 숫자 좀 안 되겠냐?"

다들 고개를 끄덕거렸다.

"그래, 그런데 다음번 재판이 언제인데?"

"그건 내가 알아 왔어. 너희들은 연락 쫙 돌려."

"오케이."

그렇게 그들은 각자 자신들이 부를 수 있는 사람들에게 연락하기 시작했다.

그리고 그들이 헤어지고 난 후 안건을 꺼낸 학생은 조용히 어떤 빈 사무실로 향했다.

제법 오래 비어 있던 사무실에는 한 남자가 서 있었다.

"시키는 대로 했어요."

"내놔 봐."

노형진이 손을 내밀자 학생은 품에 있던 녹음기를 꺼내서 건네줬다. 그가 그걸 재생하자 그들이 한 대화가 모조리 흘러나왔다.

"흠…… 멋지네."

노형진은 그걸 듣고는 피식 웃었다.

'이걸 멍청하다고 해야 하나, 아니면 의리라고 해야 하나?'

이들이 그 행동을 하게 되면 세력 자랑이 아니라 경찰에서 때려잡으려고 할 게 뻔하다.

이들은 지금까지 백승모 집안의 힘 덕분에 제대로 경찰을 겪어 보지 못했다.

그래서 이런 터무니없는 함정에 넘어간 것이다.

"시키는 대로 했는데요."

당당하게 손을 내미는 학생.

노형진은 그 아이의 손에 100만 원짜리 현금 다발 두 개를 올려놨다.

"약속은 지킨다."

"히히히."

눈이 벌게져서 나가는 아이를 보면서 노형진은 피식 웃었다.

고등학생에게 200만 원은 엄청나게 큰 돈이다.

더군다나 저 아이는 핵심 멤버도 아니기 때문에 상납금을 뜯어내도 대부분 위에 주고 자신이 먹는 건 얼마 안 된다.

그래서 노형진이 그 아이를 이용한 것이다.

"자, 그러면 다음 재판을 기대할까?"

노형진은 씩 웃으면서 사무실에서 나왔다.

⚖

그리고 며칠 후.

"아 썅, 언제까지 이래야 해?"
"조금만 참아라. 오늘 하루면 끝날 거다."
이미 관련 증거는 다 나왔고 이야기는 모두 끝난 상황.
재판부에도 다 이야기해 놨으니 저쪽에서 뭐라고 하든 오늘이 마지막 기일이다.
"망할 검사 새끼, 왜 그렇게 집요하게 매달리는 건데?"
"그런 놈들이 있는 법이야."
"썅, 나가기만 해 봐 죽여 버릴 거야, 개새끼."
"그런 소리 하지 말라고 했지. 당분간은 자중하라고. 일단 들어갈 병원은 특실 준비해 놓으라고 했으니까 거기에 있어."
"거기서 미친놈들이랑 어떻게 1년을 버텨!"
"미친놈들이랑 같이 있을 일 없어. 특실에 텔레비전이랑 컴퓨터랑 게임기 다 있으니까 그냥 쉰다 생각해. 인터넷도 연결해 놨으니 심심할 일은 없을 거다."
담당 변호사는 그렇게 이야기하면서 백승모를 데리고 들어가기 위해 차에서 내렸다.
"어?"
그런데 분위기가 이상했다.
입구에는 족히 삼백 명은 되어 보이는 사람들이 있었던 것이다.
나름 분위기를 잡는다고 어두운 색의 옷을 입고 오기는 했지만 아직 어린 학생임을 감출 수 없는 아이들이었다.

"어? 뭐야?"

순간 백승모도 당황했다. 이런 건 생각도 못 했기 때문이다.

"형님 오셨다!"

그 순간 누군가의 외침. 그러자 분분히 퍼져 있던 아이들이 통로로 모여들었다.

"이 무슨……."

백승모의 변호사가 뭐라고 하기도 전에 그 아이들은 백승모를 향해 고개를 푹 숙였다.

"형님! 힘내십시오! 우리는 모두 형님 편입니다!"

그들은 얼마 전 모 회장님이 출두할 때 있었던 장면을 그대로 따라 하고 있었다.

회장이 재판하러 가자 회사에서는 수백 명의 직원들을 동원해서 '회장님, 힘내십시오!'라고 외치는 퍼포먼스를 했는데, 그걸 그대로 따라 한 것이다.

"우리 자칼은 언제 건재할 것입니다!"

그 말을 들은 변호사의 얼굴은 사색이 되었다.

⚖

"에…… 이번 사건에서 피해자 백승모는 도정만의 괴롭힘으로 인해 정신이상이 발작하여……."

변호사는 말하면서도 배심원들의 눈치를 보고 있었다.

하지만 그럴 때마다 그는 절망감을 느낄 뿐이었다.

그들의 눈빛은 차갑다 못해 어이가 없다는 시선이었기 때문이다.

'어쩌란 말인가?'

그는 손하균을 바라보았다. 하지만 손하균도 얼굴이 딱딱하게 굳어 있을 뿐, 입을 꾹 다물고 있었다.

이건 그도 예상하지 못한 사태라는 뜻이다.

"그러니까 백승모가 도정만의 괴롭힘으로 인해 정신병이 발생했다고 하는데, 지금 이 상황을 어떻게 설명하실 겁니까? 들어오면서 못 보셨습니까?"

"그게……."

무려 삼백 명이나 모여 있던 아이들.

물론 대부분은 안 나오면 팬다고 하니 어쩔 수 없이 나온 것이지만, 사람들은 그 사실을 알 수가 없었다.

"제가 들어 보니 가관이더군요. 백승모는 자칼이라는 해당 동네 청소년 폭력 집단의 수장 노릇을 했답니다. 도정만도 하이에나라는 청소년 폭력 집단의 수장이었고요. 그런데 괴롭힘으로 인한 살인요? 장난하십니까? 하도 어이가 없어서 알아보니 지금 하이에나 멤버는 한 스무 명도 안 된답니다. 그런데 아까 바깥에 보셨습니까? 제가 보기에는 아무리 적게 잡아도 삼백 명은 되던데. 삼백 명짜리 폭력 집단의 수장이 스무 명짜리 집단의 수장한테 괴롭힘을 당해 정신이상을 일으켜요? 누가 그걸 믿겠습니까?"

'이런 젠장.'

틀린 말이 아니기 때문에 변호사는 할 말이 없었다.

물론 이건 수치로 장난한 것이다. 애초에 두 세력은 비슷했다.

하지만 노형진에게 혼쭐이 난 애들이 탈퇴하면서 하이에나는 쪼그라든 반면, 자칼은 세를 과시할 생각으로 소속도 아닌 애들을 강제로 끌고 와서 그 숫자가 엄청나게 많아진 것이다.

"하지만 사진상으로는 분명히……."

애써 변론, 아니 변명을 해 보는 변호사.

"사진 증거는 확실히 명확하죠. 그런데 대부분의 사진은 피해자인 도정만이 누군가를 괴롭히는 사진입니다. 정작 백승모의 얼굴은 아주 희미하게 찍혀 있지요. 안 그렇습니까?"

"……."

그들이 제출한 사진은 총 열 장.

그중 백승모가 찍혀 있는 장면은 두 장이었다.

나머지는 도정만이 누군가를 괴롭히는 장면을 찍은 것이다.

"그런데 이것도 이상한 게 이게 어떻게 피고인 측에 넘어간 겁니까?"

"도정만의 지인이 증거로 넘겨준 겁니다."

"그러면 그 지인을 증인으로 요청하고 싶은데요."

"그분은 신분을 감추길 원합니다."

"그분? 보아하니 도정만의 친구 같은데 그럼 학생이라는 건데 그분?"

'아차.' 한 변호사.

하지만 이미 말은 나갔고 일은 틀어지기 시작했다.

"아무래도 하이에나라는 폭력 조직이 뒤에 있어서 신분을 드러내기가……."

유창식은 코웃음을 쳤다.

"보아하니 핸드폰으로 찍은 것 같은데, 이 당시 사진 찍은 각도만 봐도 누군지 알겠는데요? 안 그렇습니까? 고작 스무 명밖에 안 되는 곳이니 누군지 알 거 아닙니까?"

"……."

땀을 뻘뻘 흘리는 변호사.

'젠장, 실수다.'

맨 처음 계획은 백승모를 학교 폭력의 피해자로 만들어서 정신이상을 주장하고 정신병으로 꺼내는 것이었다.

그래서 동정표를 받기 위해 배심제를 신청하기까지 했다.

그런데 아무리 봐도 배심원들의 시선은 차갑기 그지없는 상황.

일이 틀어진 것이다.

"재판장님…… 아무래도 외부의 혼란 때문에 더 이상 재판은 진행이 불가능하다고 보입니다. 그러니 다음 재판 기일을 정해 주시면 감사하겠습니다. 외부에서 압력이 행사된 이상 공정한 재판은 무리입니다."

보다 못한 손하균이 나서서 재판을 중지시키자 안 그래도 이 상황을 어떻게 해결해야 하나 고민하던 재판관은 고개를 끄덕거렸다.

"그렇게 합시다."

그렇게 재판이 중지되고 나자 황급하게 나가는 백승모와 변호사.

하지만 손하균은 그들을 따라가지 않았다. 그 대신에 관람석에 앉아 있는 노형진에게 다가왔다.

"네놈 짓이냐?"

노형진은 히죽 웃으면서 대답했다.

"전 변호사라서요. 이건 형사사건이라 제가 할 일이 없는데요."

"웃기는군."

그런데도 여기까지 와서 꼼꼼히 재판을 볼 리 없다.

노형진이 뭐라고 하든 손하균은 이미 노형진이 저지른 일이라는 걸 알고 있었다.

"머리 잘 썼구나."

모든 게 완벽했다. 남은 건 풀려나는 일뿐이라 생각했다.

하지만 애들이 저지른 일 덕분에 자신들의 가장 큰 주장인 백승모 피해자론이 힘을 잃어버렸고, 배심원들의 시선은 차갑게 변했다.

물론 대한민국에서는 배심원의 결정을 재판부가 무조건

따르지 않아도 된다.

그러나 그걸 따르지 않는 순간 이번 사건은 서로에게 엄청난 정치적 부담이 될 것이다.

"운이 좋았다고 생각해라."

그렇게 말하고는 노형진을 노려보다가 멀어지는 손하균.

노형진은 멀어지는 그를 보면서 작게 중얼거렸다.

"운이 아니라 실력이지요."

노형진은 아직 최선을 다한 게 아니었다.

⚖

"이 사진이 이상합니다."

"이상?"

"네."

노형진은 백승모가 맞고 있는 모습이 찍힌 두 장의 사진을 건네면서 말했다.

"이번 사태로 알겠지만 백승모가 도정만에게 맞을 가능성은 전혀 없습니다. 그런데 왜 이런 사진이 있을까요?"

"합성이군요."

유창식은 씁쓸하게 말했다. 그거 말고는 이 사진의 존재를 이론적으로 설명할 수 있는 게 없었던 것이다.

"그럼 이걸 조사하면 뭐든 나올까요?"

합성이라는 걸 증명하면 유리한 것은 맞다.

그러나 노형진은 고개를 흔들었다. 그렇게 쉽게 걸리게 만들었을 리 없다.

"과연 나올까요? 보다시피 이 사진에서 백승모는 공포에 질려서 두들겨 맞는 상황입니다. 단순히 얼굴만 붙여 넣은 게 아니라는 소리죠. 즉, 얼굴을 붙여 넣으면서 감정이 전달될 수 있게 조절했다는 소리입니다."

"전문가로군요."

"네."

그것도 아주 뛰어난 실력을 가진 사람이다. 그렇지 않다면 이렇게 사진을 조작할 때 감정을 넣을 수는 없다.

"그러면 합성했다는 증거도 별로 없을 겁니다. 설사 있다고 하더라도 이걸 국과수에서 검사해야 하는데, 그들이 국과수에 힘을 쓸 건 당연한 거 아닙니까?"

"큭."

검사가 국가와 적이 되어 싸우는 상황이라는 사실에 유창식은 씁쓸한 비웃음만 나올 뿐이었다.

"외부에 맡길까요?"

"이런 걸 하라고 있는 게 국과수입니다. 그런데 외부에서 맡긴 걸 인정할까요? 아마도 외부는 신뢰성에 문제가 있으니 국과수에 맡기라고 하겠지요."

확실히 그럴 가능성이 높다.

국과수, 그러니까 국립과학수사원은 과학적 분석에 대해 공식적으로 인정받는 곳이다.

즉, 동시에 제출되면 당연히 국과수가 우선시된다.

외부에서는 돈을 받고 조작하는 경우가 많다고 주장하면 이쪽에서는 할 말이 없는 것이다.

"젠장, 이거 곤란하네요."

유창식은 머리를 벅벅 긁었다.

이건 진짜 답이 없어 보였기 때문이다.

"우리가 집중해야 하는 건 두 가지입니다. 첫 번째는 이 사진의 진실을 찾는 거고, 두 번째는 백승모가 왜 도정만을 죽였느냐는 겁니다."

"사실 후자는 알 것 같습니다만."

"저도 그렇습니다만 예상하는 것과 증거는 다르니까요."

백승모와 도정만은 놀라울 정도로 비슷한 인간이다.

다른 점이라고는 도정만은 없는 집 자식이고, 백승모는 있는 집 자식이라는 정도.

'그렇다면 실질적으로 도정만이 능력이 더 뛰어나다는 소리지.'

같은 조건도 아니고 백승모가 도정만보다 훨씬 유리한 조건을 가지고 있음에도 불구하고 그들이 거느린 조직은 규모가 비슷했다. 그리고 백승모는 그걸 못 버텼을 가능성이 아주 높다. 자존심이 상하니까.

통제하지 못하니 그를 꺾어야 한다고 정신적 압박을 아주 심하게 받았을 것이다.

자기보다 능력이 뛰어나다는 것.

그는 그걸 인정하지 못한 것이다.

"어찌 되었건 그걸 증명해 내야 살인이 인정될 겁니다."

"후우."

"일단은 사진의 진실을 찾아봐야지요."

"하지만 어떻게요?"

"방법은 이미 재판 중에 나왔습니다."

"나왔다고요?"

"이런 사진을 찍을 녀석들은 뻔하지 않습니까?"

"아!"

이런 사진을 찍으려면 도정만과 같이 움직이는 녀석이어야 한다. 더군다나 낄낄거리면서 찍을 정도라면 아주 친하다는 뜻이다.

"그런 녀석들 중에서 최근에 돈을 펑펑 쓰는 녀석을 찾아내면 되겠지요."

노형진은 씩 웃었다.

⚖

"이 사진을 찍을 만한 녀석들 중에 아는 녀석들 없냐?"

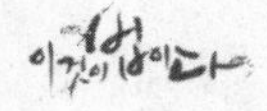

노형진은 히죽거리면서 웃고 있었지만 하이에나, 아니 하이에나였던 놈들은 잔뜩 움츠러든 채로 그의 얼굴을 제대로 보지도 못하고 있었다.

"그건 잘……."

"그래? 그럼 지난번에 하던 거 마저 끝내도 되는 거지?"

"헉!"

"지난번에는 불쌍해서 봐줬지만 이번에는 안 봐준다."

노형진이 적당히 겁주자 다들 움츠러들었다.

그들은 탑차에 실린 채로 어느 산속의 폐가까지 끌려갔던 것이다.

'그런 준비까지 해 둘 줄은 나도 몰랐지만 말이지.'

사실 노형진은 적당히 길거리에 세워 주고 보내라고 이야기했는데, 경호 팀이 폐가에 수술용 침대를 가져다 두고 비닐로 막아서 수술실까지 만들어 뒀던 것이다.

당연히 그걸 본 학생들은 거품을 물면서 자지러졌고, 결국 무려 개인당 10억이라는 돈을 내고 자신의 장기를 자기가 사는 조건으로 나올 수 있었다.

물론 진짜 받을 돈은 아니지만 최소한 정신이 번쩍 날 일이기는 했다.

"다들 도정만하고 붙어 다니지는 않았을 거 아냐?"

이런 녀석들은 같이 붙어 다니는 녀석들과 다니기 마련이다. 그리고 이런 사진을 찍을 수 있는 놈은 그런 놈 중 한 명일 것이다.

"결국 붙어 다닌 놈 중 하나일 텐데, 몰라?"

"자…… 잠시만요."

그들은 황급하게 사진을 보면서 서로 두런두런 이야기하더니 조심스럽게 말했다.

"하…… 한 명이 있어요."

"누군데?"

"규진용이라고…… 졸업 직전에 퇴학당한 선배요. 듣기로는 그래서 졸업을 다른 학교에서 했다던데……."

"퇴학?"

"네."

이야기를 들어 보니 지나가는 사람과 시비가 붙어서 입원시킨 녀석이 있었는데, 그 녀석일 가능성이 높다고 했다.

"그래?"

"네."

노형진은 자리를 털고 일어났다.

표적을 찾았다면 길게 끌 이유가 없었다.

"조용히 살아라, 효도하고, 이 새끼들아. 안 그러면 쥐도 새도 모르게 사라지는 게 이 세상이야."

"네……."

"살기 귀찮으면 언제든 개겨 봐. 너희 대신 살고 싶어 하는 인간들은 많으니까."

사색이 되는 아이들.

노형진은 그들이 무슨 생각을 하든 신경을 쓰지 않았다. 그저 그 규진용이라는 녀석에 대해 생각할 뿐이었다.

⚖

"이 녀석일 가능성이 높군요."

유창식은 확신하듯 말했다.

"규진용이라는 녀석이 퇴학하고 나서 전학한 곳이 어딘지 아십니까?"

"아마도…… 백승모의 학교겠지요?"

노형진의 대답에 유창식은 고개를 끄덕거렸다.

퇴학은 그 학교에 다니지 못하게만 하는 것이지, 다른 학교에 가는 것까지 막는 것은 아니다.

애초에 도정만과 같은 학교를 다녔다면 같은 도시에 있는 학교로 전학하려 했을 것이다. 그래야 자기네 생활권에서 벗어나지 않기 때문이다.

그렇다면 남은 것은 백승모의 학교뿐이다.

"흠……."

일단 대충 접점이 만들어지는 것은 알 수 있었다.

규진용이 그곳으로 넘어갔고, 어떻게 백승모와 선이 닿았다. 그리고 백승모가 도정만을 밟았다라…….

“그러면 납치한 것도 이야기가 됩니다.”

“그렇겠네요.”

지금까지 알아내지 못한 것.

그건 다름 아닌 도정만이 어떻게 백승모의 손아귀에 떨어졌느냐는 것이다.

기본적으로 도정만은 깡패 출신이라 주변에 사람을 많이 데리고 다닌다. 아무리 백승모라고 할지라도 도정만을 쉽게 꼬셔 낼 수는 없다.

“그렇지만 규진용이 있다면 이야기가 달라질 겁니다.”

규진용은 도정만과 함께 다니던 절친이라고 했다. 그렇다면 도정만의 동선을 다 알고 있을 것이다.

“단순히 동선만 아는 게 아닐 겁니다.”

“네?”

노형진의 말에 유창식은 고개를 갸웃했다.

“무슨 말씀이십니까?”

“백승모는 도정만을 잡아서 고문해서 죽였습니다. 그런데 여기서 의문점이 생깁니다. 과연 백승모는 어떻게 도정만을 잡았는가.”

“그거야 싸워서 잡았겠지요.”

둘 다 깡패 노릇하던 녀석들이니 생각나는 것은 그것뿐이다. 하지만 노형진은 고개를 흔들었다.

“둘 다 깡패 조직에서 대빵 노릇을 했지만 그 둘이 대빵

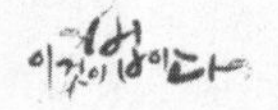

노릇을 한 방식은 전혀 다릅니다."

도정만은 말 그대로 싸움으로 시작해서 기어올라 간 파이터 타입이었다. 그에 반해 백승모는 집안의 배경을 이용해 문제를 해결하면서 자리를 차지한 타입이었다.

"그 애들 이야기를 들어 보니 백승모는 도정만에게 싸움으로는 상대도 안 된다고 하더군요."

유창식의 눈썹이 꿈틀했다.

그렇다면 자신의 가설인 백승모가 도정만을 싸워서 납치했다는 건 말이 안 되기 때문이다.

"더군다나 백승모의 얼굴은 깨끗했습니다. 동일한 실력자라고 해도 백승모가 무슨 짓을 하려고 한 거라면 도정만이 저항했겠지요. 그런데 그의 얼굴은 너무 깨끗합니다. 싸웠다고 볼 만한 흔적이 전혀 없어요."

같은 실력의 싸움꾼이 만나면 멍 정도는 기본적으로 각오해야 한다.

하지만 사건이 터지고 난 후 체포된 백승모의 얼굴은 무척이나 깨끗했다.

"그렇다면 압도적으로 이겼다는 건데……."

그건 말도 안 된다. 일대일로 싸우는 상황에서 도정만쯤 되는 실력자를 두고 압도적으로 이긴다?

프로 선수가 아닌 이상 그건 불가능하다.

'그리고 백승모는 전혀 운동한 기록이 없지.'

그렇다면 남은 것은 단 하나.

"설마 규진용이 끼어들었을까요?"

"그럴 가능성이 높지요."

"흠……."

규진용은 도정만과 친구다.

아니, 친구라고 도정만은 믿었다.

그러니 그가 불렀을 때 의심 없이 나갔을 것이고 규진용과 백승모가 함께 공격했다면 도정만은 제대로 저항도 하지 못했을 가능성이 높다.

"……."

유창식은 머리를 열심히 굴렸다.

"일단 규진용을 체포해야 하나요?"

"영장이 나오기나 하겠습니까?"

"큭."

만일 가정이 맞는다면 규진용에 대해 손하균을 비롯한 상대방 변호사도 알 가능성이 높다.

더군다나 명확한 증거도 없는 상황에서 체포 영장은 기각될 테고, 그 소식을 들은 규진용은 잠수할 가능성이 높다.

"그럼 어쩔까요?"

"일단은 규진용을 한번 찔러봅시다."

"한번 찔러보자고요?"

"어찌 되었건 규진용은 도정만의 친구였습니다. 그런데

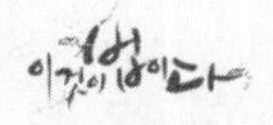

아무리 그래도 백승모의 편에 붙어서 살인까지 불사할 정도라면 이유가 있지 않겠습니까?"

노형진은 고개를 끄덕거렸다.

"그러니까 한번 찔러보죠."

"어떻게요?"

"결국 가장 만만하게 다 안다 아니겠습니까? 후후후."

⚖

유창식과 노형진은 규진용이 다니는 회사로 향했다.

대학에 간 백승모와 도정만과 다르게 규진용은 말 그대로 싸움만 하는 꼴통이었기 때문에 대학에 가지 못하고 퀵 배달을 하고 있다고 했다.

그들이 도착했을 때 마침 규진용은 배달 하나를 마치고 쉬고 있는 중이었다.

"규진용?"

"뭐요?"

규진용은 헬멧을 옆구리에 끼고는 오토바이에 기대앉아서 담배를 물고 있다가 노형진과 유창식이 다가오자 무심하게 바라보았다.

"도정만 납치 사건과 관련해서 질문이 있는데 말이다."

유창식은 자신의 검사 신분증을 내밀면서 물어봤다.

그런데 규진용의 반응이 이상했다. 갑자기 손끝을 파르르르 떨기 시작한 것이다.

'뭐지?'

규진용의 얼굴을 보고 있는 유창식 검사는 모르겠지만, 노형진은 그의 손끝에 걸린 담배가 파르르 떨리면서 담뱃재를 떨구는 것을 볼 수 있었다.

'역시 뭔가 있어.'

노형진은 슬쩍 규진용에게 다가가서 어깨에 손을 올렸다.

그러자 움찔하는 규진용.

유창식은 그걸 단순히 도주를 막는 행위로 생각했는지 별다른 말을 하지 않았다.

팬 것도 아니고 어깨만 잡은 거니 법적으로 문제 될 게 없기 때문이다.

"도정만이 사라진 날 밤에 넌 뭐 하고 있었지?"

"나야 뭐, 내 집에서 퍼질러 자고 있었지요."

최대한 천연덕스럽게 말하는 규진용.

하지만 그의 본심은 숨길 수가 없었다.

그 짧은 순간 규진용이 오만 잡생각을 하기 시작해 노형진은 그 기억을 자연스럽게 읽을 수 있었다.

너무 순간적이었고 짧아서 제대로 파악하는 게 힘들었지만 그 중요한 내용을 이해하는 데에는 문제가 없었다.

"우리는 도정만이 사라진 밤이 언제인지 이야기하지 않았

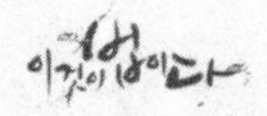

는데?”

“나야…… 맨날 퇴근하고 자는 게 일이니까.”

“그러니까 사라진 시점이 퇴근하고 나서인지 어떻게 알아?”

“설마 백주 대낮에 저지른 일이겠어요?”

천연덕스럽게 말하고 있었지만 그의 손끝은 점점 더 떨리고 있었다.

그때 노형진이 그에게 천천히, 그러나 확실하게 질문을 던졌다.

“그럼 질문을 바꾸죠. 도정만이 실종된 것을 추정되는 그날, 왜 강원도에까지 가서 백승모와 만나 같이 움직였습니까? 그리고 백승모는 왜 봉고를 빌려서 왔지요? 그리고 왜 도정만에게 도와 달라고 했습니까?”

노형진의 질문에 무슨 소리냐는 식으로 바라보는 유창식.

하지만 규진용은 눈동자가 격하게 떨리기 시작하더니 갑자기 벌떡 일어나서는 들고 있던 헬멧을 노형진을 향해 휘둘렀다.

“이런 씨발!”

“컥!”

부지불식간에 그 헬멧을 맞고 쓰러지는 노형진.

그러자 규진용은 헬멧도 내팽개치고 오토바이를 타고 바로 내달리기 시작했다.

부아아!

"우어."

"뭐야!"

갑자기 튀어 나가자 사람들은 황급하게 그 오토바이를 피했다.

유창식은 화들짝 놀라 노형진에게 다가왔다.

"괜찮습니까?"

"크…… 아프지만 괜찮습니다. 저거 잡아야지요."

"쌍!"

하지만 차는 좀 거리가 있었고, 거기에 갈 때쯤이면 오토바이를 타고 어디까지 갔는지 알 수가 없었다.

"일단 경찰에 알려서 수배해 보죠."

"어디로 간 줄 알고요?"

"큭."

'아차.' 하는 그때였다.

"무슨 일입니까?"

노형진에게 슬며시 고개를 내미는 사람들.

"살인 용의자가 도망갔습니다."

"살인 용의자?"

"네."

"아까 그놈?"

"네."

"허 참."

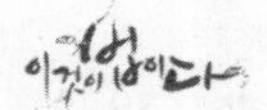

퀵을 하던 사람들은 혀를 끌끌 찼다.

설마하니 같이 일하던 사람이 살인 용의자일 거라고는 생각도 못 했던 것이다.

“그런데 혹시 잡으면 뭐 좀 있습니까?”

넌지시 물어보는 사람들.

노형진은 직감적으로 이들이라면 잡을 수 있을지도 모른다는 생각이 들었다.

‘그러고 보니 이들은 베테랑이잖아?’

규진용이 오토바이를 끌고 갔지만 그는 퀵을 한 지 채 몇 달이 되지 않았다.

그에 반해 이 사람들은 몇 년씩 해 본 이들.

실력도 있고, 이 지역 지형도 다 알고 있다.

“잡으면 200만 원을 드리겠습니다.”

부아앙!

그 말과 동시에 시동이 걸리는 십여 대의 오토바이.

“금방 기다리소. 내 금세 갔다 올게.”

그리고 휙 출발하는 오토바이들.

유창식은 그 모습을 멍하니 바라볼 수밖에 없었다.

“이거, 잡을 수 있는 겁니까?”

“잡아 올 겁니다.”

노형진은 히죽 웃었다.

뛰어 봤자 부처님 손바닥 안이라고 했다.

"일단 경찰서로 가 있지요. 올 겁니다."

노형진은 유창식을 데리고 경찰서로 향했다.

하지만 경찰서에 도착했을 때 그들을 기다린 것은 단순히 경찰이 아니라 두 손이 케이블 타이로 묶여 있는 규진용이었다.

"헐?"

자신들이 경찰서에 오기도 전에 먼저 잡아서 경찰서로 데려온 것이다.

"어…… 어떻게?"

"이누마가 머리 써 봤자 부처님 손바닥 안이지."

퀵을 하는 아저씨들은 씩 웃었고, 노형진은 기꺼운 마음으로 그들에게 현금을 내밀었다.

"뛰어 봤자 벼룩이라는 말 모릅니까?"

"크……."

규진용은 신음 소리를 내면서 숨을 삼킬 수밖에 없었다.

그는 차량으로 따라올 거라 생각해서 골목으로 파고들었다.

그런데 채 5분도 가기도 전에 다른 오토바이가 그 골목을 막고 있었던 것이다. 그리고 그 주변은 모조리 다른 오토바이가 막고 있어서 도망갈 수가 없었다.

"자, 그럼 자세히 이야기해 볼까?"

유창식은 케이블 타이를 끊고 수갑을 채우면서 승리의 미소를 지었다.

⚖

"그 새끼는 미친놈이라고요."

"그러는 넌 미친 거 아니냐?"

"씨발, 누구는 그러고 싶었냐고요. 하지만 안 하면 뒈지게 생겼는데 어쩝니까?"

"네놈들이 말하는 우정이니 의리 같은 건?"

"의리는 개뿔. 대학에 갔다고 난 인간 취급도 안 하는 새끼가 무슨."

규진용은 결국 모든 것을 포기한 듯 백승모에 대해 사실대로 까발리기 시작했다.

모든 작전을 준비한 것은 백승모이며, 자신은 시키는 대로 했다는 것이다.

"왜? 백승모가 시키는 대로 안 한다고 네가 죽는 것도 아닌데?"

"내가 죽어요! 내가!"

규진용은 절규하듯 외쳤다.

"그 새끼, 완전히 미친놈이라니까요!"

자신이 전학하자 친하게 지내자면서 접근했다고 한다.

하이에나에 있다가 퇴학당하는 바람에 세력이 규진용은 그걸 구원의 동아줄로 여기고, 그를 통해 자연스럽게 자칼로 들어갔다고 한다.

"그런데 왜 도정만 납치에 참여한 거야?"

"나도 하기 싫었다고요!"

그런데 백승모는 이만저만 미친놈이 아니었다.

차라리 미친놈이라면 모른 척하겠는데, 집요하게 남을 말려 죽이는 놈이었던 것이다.

"그 녀석 때문에 자살한 사람들이 어디 한두 명인 줄 알아요?"

결국 그 꼴을 당하기 싫어서라도 규진용은 백승모의 명령을 따를 수밖에 없었다.

"흠……."

일단 백승모가 살인을 계획했다는 증언은 확실하게 나왔다.

하지만 여전히 알려지지 않은 것이 있었다.

바로 백승모가 도정만을 그렇게 괴롭히면서 죽인 이유다.

"개인적인 원한이라도 있는 거냐?"

"그게……."

"사실대로 말해 봐."

"하아, 백승모가 연합 조직을 만들려고 했거든요."

"연합 조직?"

"네."

도정만의 조직을 흡수하려고 했던 것이다.

그 말을 들은 유창식은 기가 막혀서 말이 나오지 않았다.

'이 새끼가 미쳤나?'

물론 고등학생 양아치들에게는 짱이니 전국구니 하는 것

에 대한 환상이 있다.

하지만 그렇다고 진짜로 조직을 흡수하는 행동까지 할 줄은 몰랐다.

"그런데 도정만은 거부했어요. 빡큐를 날린 거죠."

"그게 끝?"

"네, 그거 말고는 이유도 없어요. 자기 말을 듣지 않는 새끼는 살려 두고 싶지도 않대요……."

유창식은 노형진이 했던 말이 생각났다.

그는 통제하지 못하면 발광하는 타입일 가능성이 높다고 했다.

'자신의 통제에서 벗어난 게 바로 도정만이다 이건가?'

그래서 죽였다는 생각에 기가 막혀 하는 그였다.

"이런 미……."

미친놈이라고 말하려던 유창식은 입을 다물었다.

그 녀석이 지금 상황을 벗어나기 위해 하는 변명이 '자기가 미친놈'이라는 거다. 그런데 그 말을 하면 그 녀석을 편들어 주는 것 같았다.

'하지만 넌 끝이야, 흐흐흐.'

백승모의 마지막을 생각하면서 유창식의 입가에 슬슬 웃음이 피어올랐다.

뜨는 해, 지는 해

"그래서, 규진용은 증언한답니까?"

"일단 구워삶고는 있습니다."

납치와 관련한 녀석인 만큼 그 녀석이 중요한 증인이기는 하다.

"하지만 그것만으로는 부족하지요. 그래서 노 변호사님에게 도움을 부탁드리고자 온 겁니다."

"흠……."

확실히 규진용이 증언해 준다고 해도 그걸 확실하게 증명할 수 없으면 재판부가 인정하지 않으면 그만이다.

'참 지랄 같네.'

증언이라는 것 자체가 강력한 법적인 능력을 가지고 있다.

하지만 그건 어디까지나 법원에 받아들여져야 한다는 것을 전제로 하고 있으니, 온전히 재판장들의 판단에 달린 것이다.

"결과적으로 재판장들이 받아들이는 걸 거부하면 방법이 없다는 거죠."

"흠……."

"더군다나 규진용은 이런저런 잡다한 전과가 많더군요."

"그래요?"

"네."

노형진은 얼굴을 찌푸렸다.

말한다고 다 증언이 되는 것은 아니다.

사람마다 신빙성이라는 것이 있다.

평생 공부만 하고 대기업을 다닌 사람과 규진용처럼 공부도 하지 않고 사고도 많이 쳐서 전과가 많은 사람은 아무래도 신뢰도의 차이가 있을 수밖에 없다.

"재판부에서는 안 받아들인다고 하면 가장 강력한 증거가 없어지는 셈입니다."

노형진은 침묵을 지키면서 조용히 생각에 잠겼다.

'방법이 있을 텐데…….'

규진용에게서 읽은 기억, 그 안에 분명히 카드가 있을 것이라는 느낌에 노형진은 몇 번이고 그 기억을 더듬거렸다.

'규진용이 도정만을 불렀고, 도정만은 규진용이 도와 달라는 말에 다급하게 나왔어. 그리고 그가 규진용을 만나는 사

이에 백승모가 뒤통수를 내리쳐서 기절시켰지…….'

블랙박스도 없고, 사건이 벌어진 현장도 사람이 없는 으슥한 공간이었다.

결과적으로 현장에 대한 기억은 없는 상황.

'그렇다면…….'

노형진은 문득 한 가지 다른 기억을 떠올렸다.

"차량은요?"

"차량요?"

"네, 백승모가 봉고를 가지고 왔다고 하지 않았습니까?"

"안 그래도 그 부분을 뚫어 보려고 했습니다. 그런데 차 번호를 몰라서 추적할 수가 없더군요."

규진용은 차를 가지고 온 것은 기억하고 있지만, 그 차의 번호는 기억하지 못하고 있었다.

그건 노형진이 읽어 낸 기억에서도 확인한 점이니 거짓말하는 것은 아니었다.

"그래서 막혀 버린 겁니다."

노형진은 고개를 갸웃했다.

"그러면 차종을 알아보면 되지 싶은데요?"

"차종요?"

"네."

"하지만 한두 대도 아니고."

"한두 대도 아니기는 하지만 봉고라고 불리는 차들은 대부분 사용처가 정해진 차량들이지요."

"음……."

유창식은 곰곰이 생각에 잠겼다.

규진용이 확인한 차량은 다모스라고 하는 배달용 봉고다.

작고 가벼워서 골목 배달용으로 많이 사용되는 차량.

"일단 렌터카는 아닙니다. 그런 돈이 안 되는 차량은 안 빌려주니까요."

"하긴……."

렌터카는 일반적으로 승용차를 빌려준다.

극히 일부는 봉고를 빌려주기도 하지만 그건 어디까지나 다수 여행용의 커다란 차지, 다모스같이 작은 차가 아니다.

"그렇다고 그가 어디서 차량을 훔친 것도 아니구요."

그에게 차량을 훔치는 기술은 없다.

그렇다면 남은 것은 주변에 그런 걸 빌려줄 만한 사람이 있느냐는 건데.

"없군요."

그의 주변에 다모스를 빌려줄 만한 사람은 없다.

설사 있다고 하더라도 다모스는 생계형 차량이다. 장시간 빌려주면 생계에 지장이 있다.

'그렇다고 회사 차를 끌고 갈 수도 없고.'

"그럼 남은 건 한 가지뿐이지요."

"대포차."

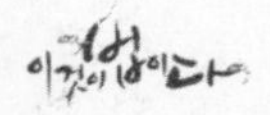

노형진의 말에 고개를 끄덕거리면서 말하는 유창식.

대포차.

주인이 따로 있지만 압류당하는 등 여러 가지 이유로 주인이 아닌 다른 사람이 모는 차량.

"그리고 대포차를 쉽게 구하는 곳은 한 곳뿐이죠."

바로 강원랜드. 가장 많은 대포차가 나오는 곳.

"그곳을 뒤져 보죠."

노형진의 말에 유창식은 고개를 끄덕거렸다.

⚖

다음 날, 유창식은 노형진과 함께 바로 강원랜드로 향했다.

강원랜드는 대한민국에서 유일한 내국인 도박장이다.

그래서 수많은 사람들이 와서 인생을 저당 잡힌다.

"하지만 쉽게 나올까요?"

이곳에서 저당 잡힌 차량은 돈을 가지고 오면 돌려주지만, 대부분의 경우 돌려받지 못한다.

그러면 전당포 업주는 그걸 대포차로 팔아 버리는 것이다.

사실 대부분의 사람들은 차를 찾을 수가 없다.

일단 전당포의 이율이 하루 1%다.

한 달 만에 30%가 넘는 셈이 되는 것이다.

그러니 누가 찾을 수 있겠는가?

대부분 도박에 빠져서 전 재산을 탕진하는 사람들인데 말이다.

"역시……."

노형진을 두고 몇 군데 전당포를 다녀온 유창식은 고개를 흔들었다.

"자신들은 모른다고 하더군요."

"그래요?"

"네, 도무지 방법이 없습니다."

"당연하지요. 바보도 아니고 알려 주겠습니까?"

"후우."

그렇다고 법원의 영장을 받자니 명확하게 증거가 있는 것도 아니라서 받을 수 있을 리 없다.

더군다나 이곳은 유창식의 관할도 아니다.

당연히 이 지역 경찰이나 검찰의 도움을 받기도 쉽지 않다.

"애초에 안 될 거라 생각했습니다."

유창식을 살짝 얼굴을 찡그렸다.

"어쩐지 너무 쉽게 말씀하신다 했습니다."

대포차를 파는 것 자체가 불법이다. 그런데 전당포 주인들이 인정할 리 없다.

"설마 여기까지 따라오셨는데, 방법이 없는 건 아닐 테고."

"후후후, 절 믿고 따라오세요."

노형진은 그를 데리고 어디론가 향했다.

그들이 간 곳은 무료 급식소였다.

"여긴?"

"여기에 있는 부랑자들을 대상으로 하는 무료 급식소입니다."

"여기는 왜요?"

"여기에 왜 이렇게 부랑자들이 많다고 생각하십니까?"

"네? 아!"

이곳은 그다지 상권이 발달한 것도, 유동 인구가 많은 것도 아니다.

그런데 무척이나 부랑자들이 많았다. 당장 줄을 서서 밥을 먹는 사람들만 족히 이백 명은 되어 보였다.

"다 털린 사람들이군요."

"네."

저들은 도박에 빠져서 패가망신한 사람들이다.

물론 강원랜드에는 패가망신하는 사람만 있는 건 아니다.

대부분의 사람들은 그저 즐기기 위해 잠깐 스쳐 지나가는 곳이 바로 강원랜드였다.

그러나 여기에 있는 사람들은 도박에 전 재산을 바친 사람들.

"아마도 여기에 있을 겁니다."

노형진은 앞으로 나서서 사람들에게 외쳤다.

"혹시 다모스 차주분, 계십니까?"

무슨 일인가 하는 시선으로 바라보는 사람들.

"자신이 다모스 차주인 것을 증명할 수 있는 분들을 찾고 있습니다. 다모스를 전당포에 맡기신 분을 찾습니다. 같이 가서 차량을 확인해 주시면 20만 원씩 드립니다."

눈에 불이 확 켜진 사람들.

그중 몇몇이 슬그머니 앞으로 나왔다.

그걸 본 유창식은 고개를 갸웃했다.

"숫자가 얼마 안 되는군요."

분명히 수십 명은 나올 거라 생각했다.

그런데 나온 사람들의 수는 고작해야 다섯 명.

무척이나 적은 숫자다.

"다모스는 생계형 차량입니다. 여기까지 가지고 오는 사람은 드물죠. 더군다나 그 사람들 중에서 도박에 빠져서 그거마저 저당 잡히는 사람들은 더 드물 겁니다."

"이해했습니다."

유창식은 고개를 끄덕거릴 수밖에 없었다.

맨 처음에 올 때는 족히 수만 대는 되어 보이는 차량에서 어떻게 차를 찾을까 생각했는데, 생각해 보니 이런 곳에 있는 차들은 대부분 다모스가 아니라 승용차들이다.

다모스같이 생계형을 맡기는 사람은 많지 않은 것이다.

"자, 그럼 같이 가실까요?"

노형진은 돈이라는 말에 눈을 번득이는 사람들을 앞세우면서 다시 전당포로 향하기 시작했다.

“그러니까 차는 어디에 있느냐고요!”

“아니, 그게…….”

세 번째로 간 곳에서 남자는 전당포 주인을 마구 다그쳤다. 그리고 전당포 주인은 땀을 뻘뻘 흘렸다.

“그게 잠깐…… 빌려줬습니다.”

“그래서 누구한테 빌려준 겁니까?”

“…….”

말을 하지 못하는 남자.

“후우, 당신 말이야, 진짜 고발 한번 당해 볼래?”

유창식은 전당포 주인을 마구 다그쳤다.

다른 곳과 다르게 이곳은 차량에 대해 말하지 못하고 있었던 것이다.

그때였다, 문이 열리면서 노형진이 들어온 것은.

“아, 다른 곳은 어떻습니까?”

노형진은 남은 두 사람을 데리고 확인하러 다녀온 참이었다.

“한 곳은 경매 절차로 넘어갔습니다. 다른 한 곳은 아직 있고요.”

유창식의 눈이 불이 확 켜졌다.

그 말은 이곳에서 차가 나갔다는 소리이기 때문이다.

“그래서 다모스 어디 있어?”

"빌려줬는데……."

"이 새끼가 진짜……!"

유창식이 뭐라고 하려고 하는 찰나, 노형진은 유창식을 말렸다.

"그래요. 빌려줄 수도 있죠."

"노 변호사님?"

어리둥절한 유창식.

노형진은 유창식의 귀에 입을 대고 작게 말했다.

"우리에게는 영장이 없습니다."

"아……."

지금 자신들에게 영장이 없다.

영장이 없다면 검사라고 해도 마음대로 할 수 없다.

더군다나 영장이 나올 가능성은 무척이나 낮다.

"그러니 제가 하겠습니다."

유창식은 어깨를 어쩔 수 없이 끄덕거리면서 뒤로 물러났고, 노형진은 전당포 주인에게 다가갔다.

"전 노형진 변호사입니다. 의뢰인은 그 차를 다시 찾고 싶어 합니다."

옆에 있던 원래 차주는 무슨 소리인가 하는 시선으로 바라보다가 유창식이 옆구리를 쿡 찌르자 서둘러서 고개를 끄덕거렸다.

"그러니 그 차를 돌려주시지요."

"크험……."

아까 겁주던 유창식과 다르게 정중하게 말하는 노형진을 보자 전당포 주인은 조금은 안심이 되었다.

"뭐, 추궁하려고 한 겁니까?"

"추궁이라니요. 그럴 리가요. 아까도 말씀드렸다시피 차를 찾으러 온 것뿐입니다."

"그런데 왜 검사가……?"

"아무래도 지인분이다 보니 발끈한 겁니다. 애초에 저 검사분은 이쪽 관할도 아니에요."

"그래요?"

의심쩍은 얼굴로 바라보는 주인.

하지만 명함을 받아 보고는 고개를 끄덕거렸다.

"처벌이나 고발은 하지 않겠습니다."

"뭐, 그렇다면야……."

주인은 어쩔 수 없다는 듯 고개를 끄덕거렸다.

"내 연락해서 가지고 오라고 하리다."

"네."

안으로 들어간 주인은 잠시 통화하는 듯하더니 다시 바깥으로 나왔다.

"사흘 후에 가지고 온답디다. 어쩔 거요?"

"그러면 그때 다시 오지요."

노형진은 유창식과 차주를 데리고 다시 바깥으로 나왔다.

"가지고 온다고요?"

"네."

"음……."

"일단 기다려 봅시다."

노형진과 유창식은 사흘간 마냥 여기에 있을 수는 없었기 때문에 다시 서울로 갔다가 내려왔다.

그리고 기다리고 있던 차주를 만나서 다시 그 전당포로 향했다.

"어, 오셨구먼."

"네, 차는 왔나요?"

"거의 왔다고 하더군요. 기다리쇼."

"네."

노형진과 유창식은 전당포 주인이 내준 녹차를 마시면서 기다렸다.

"그나저나 제가 드린 의뢰비보다 돈을 더 많이 쓴 것 같아서 미안합니다. 나중에라도……."

당장 다모스를 찾는 데 들어간 돈만 해도 300만 원.

그 전에 현상금으로 건 돈도 있으니 당연히 적자였다.

"아닙니다. 어차피 이럴 때 쓰려고 돈을 모으는 겁니다."

노형진이 가진 돈을 기준으로 하면 이건 푼돈이다.

'더군다나 얼마 후면 몇 배로 늘어나니.'

2년 정도만 있으면 금값이 다섯 배로 뛴다.

거품이라고 할 수도 있다.

하지만 노형진은 1조가 넘는 그의 전 재산을 금으로 환전한 상황.

돈이 없어서 뭐를 못하는 시점은 아닌 것이다.

"하하하…… 역시 변호사를 취미로 하신다더니 틀린 말은 아닌가 보네요."

노형진은 그저 씩 웃을 뿐이었다.

그렇게 얼마나 지났을까.

문에 걸린 방울을 '딸랑' 하고 울리면서 누군가 들어왔다.

"아저씨, 차 가지고 왔어요."

"어, 거기 그분들이다."

"거참, 돈 몇 푼이나 한다고 그걸 찾겠다고……."

말을 하던 남자는 말을 다 끝내지 못했다.

그 남자를 알아본 유창식의 얼굴에 진한 미소가 떠올랐다.

"잡았다, 백승모 이 개자식."

그러자 그 오랜 기간 동안 얼굴색 하나 변하지 않던 백승모의 얼굴이 창백하게 변하기 시작했다.

"음……."

다음 재판 날, 노형진이 재판정에 갔을 때 손하균의 얼굴은 무척이나 불편한 얼굴이었다.

'이거참, 고소하다고 해야 하나?'

그럴 수밖에 없다. 다 이긴 재판이었다. 그런데 빼도 박도 못한 증거가 나와 버린 것이다.

아니, 증거가 문제가 아니라 행동이 문제였다.

백승모가 멍청한 행동을 하는 바람에 공들여서 해 놓은 모든 것이 무너져 버린 것이다.

"재판장님, 이 사진을 봐 주십시오. 이 사진은 차량을 인도받던 현장에서 찍은 사진으로, 피고인 백승모가 들어오는 것을 찍은 사진입니다. 증거를 통해서도 말씀드렸다시피 이번 사건에 사용된 차량을 찾기 위해 강원도의 모 전당포를 찾았고, 그곳에서 차량을 가지고 온 백승모를 만났습니다."

유창식의 설명을 듣는 사람들은 기가 막혀서 말이 나오지 않았다.

"증인 규진용의 말에 따르면 백승모는 그날 도정만을 강제로 꼬여 내도록 한 후 그를 납치할 목적으로 다모스를 한 대 구해 왔다고 했습니다."

"재판장님, 그건 검찰 측의 주장일 뿐입니다. 증인인 규진용에 대해서도 신빙성이 없습니다. 증인 규진용은 오랫동안 도정만과 어울린 그의 친구입니다. 그렇다 보니 개인적인 복수를 꿈꿀 수도 있습니다."

아니나 다를까, 손하균은 어떻게 해서든 상황을 벗어나 보려고 증인에 대해 모략했다.

물론 그런 행동을 예상하지 못한 바 아니다.

'그래서 차가 필요한 거지.'

저런 변론은 당연히 할 말이다.

그리고 이번 사건처럼 사방에서 압력이 들어오는 사건에는 아무래도 저런 변론이 먹혔을 것이다.

규진용 개인의 인생에 문제가 많은 것은 사실이니까.

하지만 이번에는 다른 증거가 있는 이상 그걸 인정할 수는 없다.

"그래서 해당 차량에 대해 정밀 감식을 의뢰했습니다. 해당 차량 내부에 혈흔 반응 검사를 한 결과, 해당 차량의 짐칸에서 소량의 피가 발견되었는데, 유전자 검사 결과 피해자 도정만의 혈액인 것이 확인되었습니다. 상처의 위치는 도정만이 결박당하였다고 가정했을 때 머리 위쪽이며, 도정만의 부검 기록에서도 머리 쪽에 정체를 알 수 없는 물체로 인한 열상이 발견되었다고 되어 있습니다. 즉, 증인의 말대로 뒤에서 각목으로 공격하여 기절시킨 후 차량에 태워서 옮겼다는 정확한 증거가 나온 것입니다. 또한 운전석에 있는 모발에서는 피고인 백승모의 유전자가 발견되었습니다."

빼도 박도 못할 계획 살인의 증거다.

이건 저들이 주장하는 우발적 정신 질환하고는 전혀 상관이 없는 것이다.

"피고인 측이 주장하던 피해자의 가해 사실 역시 거짓으로 드러났으며, 도리어 백승모는 자칼이라는 규모가 삼백 명이 넘는 대단위 폭력 조직의 리더인 점이 드러났습니다."

아무리 고등학교 깡패 집단이라고 하지만 그 정도 숫자가 되면 무척이나 위험하다.

물론 실제로 삼백 명인 것은 아니다. 하지만 일전에 재판정 앞에서 위력 시위를 했을 때의 인원수가 삼백 명이었는데, 이 모습이 언론을 통해 그대로 보도된 것이다.

"정신이상은 우발적으로 벌어지는 사건일 수밖에 없습니다. 하지만 피고인 백승모는 계획적으로 살인을 준비하였습니다. 고의적으로 증인인 규진용과 친밀감을 쌓은 후 협박하여 도정만을 인적이 드문 산골로 유인하였습니다. 그리고 그를 협박하여 무려 닷새 동안 고문해 그 후유증으로 사망케 하였습니다. 또한 그 과정에서 백승모는 수사의 추적을 피하기 위해 강원도까지 가서 대포 차량을 렌트하여 범죄에 사용했습니다. 이를 증명하기 위해 고속도로 톨게이트의 차량인식 결과를 제출하는 바입니다."

"크윽……."

백승모의 실수였다.

누구도 믿지 않은 채로 혼자 하다 보니 차를 가져다줄 수 있는 것이 자신밖에 없었던 것이다.

그렇다 보니 이 사건에 대해 아는 사람은 규진용뿐인데,

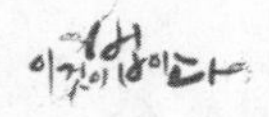

그와 연락되지 않자 혹시나 반납하지 않으면 문제가 될까 걱정되어 직접 반납하러 온 것이다.

한편으로는 대포 차량이므로 반납하는 순간 더 이상 자신을 추적하지 못할 거라 생각한 것도 있었다.

"재판장님! 해당 차량에 대한 수사는 영장 없이 불법적으로 이루어진 행동이므로 아무런 증거능력이 없습니다!"

손하균은 마지막으로 반격해 보려고 했지만 그마저도 노형진 때문에 쉽지 않았다.

'내 그럴 줄 알았다.'

확실히 영장도 없이 남의 관할 구역에 가서 수사한 것이니 불법이라고 저쪽에서 주장할 수도 있다.

그러나…….

"불법이라는 것은 기본적으로 차주의 의견에 반해 강제로 차량을 빼앗거나 검사했을 때 성립합니다. 하지만 이번 사건의 경우, 차주는 자발적으로 차량 검사에 동의하여 검찰 측에 차량을 인도하였습니다."

"큭."

사건을 저지른 것은 백승모다.

하지만 그 차량의 주인은 다른 사람이다.

노형진은 차를 찾아 주는 대신 검찰의 수사에 협조하는 조건을 달았고, 그는 돈이 생긴다는 생각에 기꺼이 차량을 인도한다는 동의서에 사인했다.

'뭐, 그 돈으로 뭘 하든 내 알 바 아니지.'

그동안 충분히 고생했다면 그 돈으로 집으로 돌아갈 테고, 고생이 부족하다면 아마도 다시 도박장으로 갈 것이다.

하지만 그건 노형진이 어쩔 수 없는 부분.

"불법적인 것은 아닙니다."

판사가 검찰의 편을 두둔하면서 손하균에게 말했다.

그 말을 들은 손하균의 얼굴이 와락 일그러졌다.

단순히 개인적인 의견을 말한 것이 아니기 때문이다.

'젠장.'

그건 너무 증거가 명확해서 자신으로서는 어쩔 수 없다는 뜻이었다.

즉, 지금까지 손하균이 주장하던 백승모 정신이상설을 받아 줄 수 없다는 것이다.

'망할 놈.'

손하균은 노형진을 무섭게 노려보았다.

분명 이번 사건의 뒤에 노형진이 있다는 사실을 느낄 수 있었다.

노형진은 그런 손하균의 시선을 느끼면서 씨익 미소를 지었다.

'친한 건 친한 거고.'

비록 그의 딸과 친하다고 하지만, 그건 그거고 이건 이거다.

노형진은 손하균에게 물러나고 싶은 생각이 없었다.

'다음번에는 이렇게 쉽지 않을 거다.'라고 말하는 듯한 손하균의 눈빛에 노형진은 슬쩍 미소를 지어 보이면서 입 모양만으로 말했다.

'얼마든지.'

그렇게 이번 사건은 끝나고 있었다.

⚖

"아깝네요."

"그래도 이게 어딥니까?"

재판이 끝나고 난 후 유창식은 노형진과 삼겹살을 먹으면서 한숨을 쉴 수밖에 없었다.

"그래도 너무하기는 하군요."

"그러게 말입니다."

저들의 주장처럼 정신병이 있어서 그랬다는 것을 피할 수 있었지만, 그래도 그들의 권력을 무시할 수는 없었다.

백승모에게 떨어진 형량은 고작 4년.

폭력 조직의 수괴가 한 사람은 납치하고 닷새에 걸쳐서 고문한 것에 비하면 터무니없이 낮은 형량이다.

"판사 눈치만 봐서는 집유가 떨어지지 않은 게 이상할 지경이라니까요."

"하하하, 그래도 끝났지 않습니까?"

물론 이런 사건에 집유가 떨어질 수는 없다.

공식적으로 형량이 낮아진 가장 큰 이유는 바로 합의다.

권력으로 사건을 무마할 수 없다는 생각이 들자 백승모의 집안에서는 돈으로 해결하려고 했는데, 피해자 도정만의 집에 합의금으로 무려 10억을 제시했다.

어차피 도정만의 집에서도 도정만은 내놓은 자식이나 마찬가지였던 터라 그걸 받아들였고, 그 결과 형량 4년이라는 터무니없는 형량이 떨어진 것이다.

"뭐, 이제 시작이죠."

유창식은 소주잔에 소주를 채워서 입에 털어 넣으면서 씁쓸한 듯 중얼거렸다.

"저쪽에서 항소했거든요."

"그렇겠지요."

지금은 1심이다. 저쪽은 형량이 부당하게 무겁다는 주장을 하면서 항소했고, 2심을 시작할 것이다.

"형량은 더 떨어지겠군요."

"네."

지금이야 이번 사건이 이슈화되어서 그렇지, 얼마 후면 또 다시 묻힐 것이다. 언제나처럼 말이다.

그러면 분명히 2심에서는 형량이 감형될 건 당연한 일.

"이건 미친 짓입니다."

유창식은 속에서 열불이 터졌다.

백승모는 분명 다시 사고를 칠 녀석이다. 그런데 그런 녀석이 돈이 있다고 풀려나다니.

"어쩌겠습니까? 다음번에는 확실하게 잡아야지요."

"그 대가로 누군가의 목숨을 내놓고 말입니까?"

노형진은 입안이 무척이나 씁쓸했다.

이건 자신으로서도 어쩔 수 없는 부분이었다.

자신은 검사나 판사가 아닌 변호사다. 그런 녀석을 잡아넣을 힘이 없다.

"그러니까 그 전에 검사님이 잡아야지요."

"후우."

"그 녀석은 분명히 실수할 겁니다. 그러니 그 부분을 잡아내야 합니다. 국민을 지키는 건 검사님의 책무니까요. 똑같은 법조인이지만 가는 방향이 다르니 어쩔 수 없습니다."

"젠장, 이런 꼴 보려고 검사를 지원한 거 아닌데요. 이럴 줄 알았으면 변호사나 할 걸 그랬습니다."

"뭐, 오고 싶으시다면 언제든 환영입니다, 하하하."

이렇게 정의감 넘치는 사람이라면 노형진은 언제든 환영이었다.

"안 갑니다."

하지만 유창식은 노형진의 말에 단박에 거절했다.

"내가 여기서 더럽고 치사한 꼴을 많이 보긴 하지만 잡을 놈을 잡아야지요."

"누군가는 몸에 똥칠하면서 화장실 청소를 해야 하니까요."

노형진은 고개를 끄덕거렸다.

"가능할 겁니다. 우리는 뜨는 해지만 그들은 지는 해니까요."

"뜨는 해라……."

그 말을 들은 유창식은 몇 번이나 곱씹다가 잔은 높이 들었다.

"뜨는 해를 위하여."

노형진은 그걸 보면서 자신의 잔 역시 들었다.

"뜨는 해를 위해서."

'짱' 하는 소리와 함께 소주잔에 가득한 소주가 그들의 흔들리는 마음을 보여 주는 듯했다.

재단 만들기

"어쩔 거야? 받을 거야, 말 거야?"

"저기, 안당 어르신. 전 변호사입니다만?"

"그래서 싫어? 네가 무슨 성인군자야? 아니면 부처님이야? 왜 돈 준다고 해도 싫어해?"

"돈을 주시는 게 아니라 골칫덩어리를 주시지 않습니까?"

노형진은 자신의 사무실에 있는 안당을 보면서 툴툴거렸다.

안당 최고급 요정인 다안의 주인으로, 그쪽 바닥에서는 큰할머니로 통하며 범접할 수 없는 자리를 가진 분이다.

우연한 기회에 인연이 닿아 몇 번 도와 드리기는 했는데 다짜고짜 무리한 부탁을 할 줄은 몰랐다.

"거참, 돈 싫다는 놈이 다 있네."

"저, 그거 없어도 잘 사는 놈입니다. 그런데 왜 그런 골칫덩어리를 저한테 주려고 하시는 겁니까?"

안당, 아니 조말숙은 주머니에서 담배쌈지를 꺼내서 곰방대에 채웠다.

"저기, 여기는 금연인데요."

"그래서? 이 나이에 담배라도 끊으라고?"

노형진을 흘겨본 조말숙은 태연스럽게 불을 붙이고는 쭉 들이마셨다.

"역시 곰방대야. 파이프는 이 맛이 안 난다니까."

"말 돌리지 마시구요. 아니, 갑자기 왜 다안을 저보고 넘겨받으라는 겁니까?"

조말숙은 다짜고짜 노형진에게 와서는 그걸 넘겨받으라고 하고 있었던 것이다.

물론 노형진은 그걸 받을 생각이 전혀 없었다.

큰 가게이고 엄청난 재산이기는 하지만, 다안은 단순한 술집이기 이전에 정치가들의 1번지 같은 곳이다.

그런 곳을 넘겨받게 되면 정치와 거리를 둔다는 노형진의 이념을 지킬 수가 없게 되는 것이다.

막말로 매일같이 정치인들이 밀담을 나누는 곳인데, 녹음기 설치하려고 하는 인간이 없지 않겠는가?

'웃긴 일이지.'

조말숙의 말에 따르면, 심지어 국정원조차도 찾아와서 녹음기 설치에 협조하라고 협박했다고 한다.

물론 조말숙은 그 대신에 그 사실을 정치인들에게 알림으로써 판을 뒤집었지만 말이다.

결과적으로 조말숙의 그러한 신념 덕분에 정치인들과 기타 부자들은 안심하면서 그곳을 다녔다.

오죽하면 다안 내부에 몰카와 녹음기 등을 확인하는 부서가 따로 있을 정도다.

"후우, 지겨워서 말이지. 좀 쉬고 싶어."

"지겹다니요? 아직 한창이시잖습니까?"

"한창은 개뿔. 이 나이 때는 나이 어린 놈들 인사치레도 귀찮아."

'역시 그 일 때문인가?'

사실 조말숙에게는 선대 주인의 가족을 찾아서 이곳을 넘기는 목적이 있었다.

그래서 끝까지 버텼고, 원래 역사에서는 노형진이 그 가족을 찾아 줘서 인맥을 맺는 데 성공한다.

"그 신부님 때문입니까?"

"그래, 그 망할 놈 때문이다. 썅눔의 시키. 남자는 신랑이 되어야지, 신부가 뭐야? 신부가?"

그렇게 찾은 사람은 웃기게도 신부가 되어 있어 그 재산을 받을 여건이 아니었다.

저 말은 조말숙이 결혼식의 신부와 종교의 신부의 차이를 몰라서 하는 말이 아니다.

남자라면 결혼해서 집안을 꾸렸어야 한다는 뜻이었다.

하지만 그는 어릴 적에 이미 신부가 되어 자식이 없었다.

"쩝……."

인생의 목적이 그렇게 허무하게 무너지니 갑자기 공허감이 몰려온 것이다.

'한번 겪었던 일이기는 한데…….'

그때도 그랬다.

노형진이 찾아 주고 난 후 꿈이 무너졌다는 공허감 때문에 상당 기간 멍하니 보낸 그녀였다.

그런데 그때는 자신에게 넘겨받으라는 소리를 하지 않았다.

"그냥 그분한테 넘기시죠?"

"닝기미. 그럴까 생각해 보지 않은 건 아닌데 자기한테 넘겨주면 교황청에 가져다 바치겠단다. 거기에 매달린 입이 몇 갠데, 선대고 뭐고 목구멍이 포도청이야. 알아?"

"하하하."

혹시나 돈맛을 보면 다시 속세로 오지 않을까 했지만 그는 끝까지 거절했다고 한다.

그렇다고 모른 척하고 주자니 진짜 자신이 평생을 걸쳐서 이룩한 공간인 데다, 이곳만 바라보고 사는 수많은 사람들의 인생이 달려 있다.

교황청에 가져다 바치면 그곳이 미쳤다고 술집을, 그것도

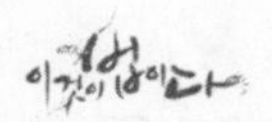

이런 고급 요정을 유지하겠는가?

당연히 여기에 있는 사람들은 한순간에 백수가 될 수밖에 없다.

"선대의 유언도 중요하지만 내가 키운 내 새끼들도 중요해."

그래서 그에게 주는 것은 포기했다는 것.

"그런데 왜 접니까?"

"넌 돈 많잖아."

"네?"

"돈 많잖아. 그러니까 주는 겨."

"아니, 제가 돈 많은 거랑 무슨 관계가 있습니까?"

"넌 쓸데없는 욕심은 부리지 않을 거 아냐?"

"아……."

노형진은 대충 상황이 이해가 가기 시작했다.

"다들 욕심이 과해. 욕심이."

조말숙은 곰방대를 빼끔거리면서 툴툴거렸다.

"자기 그릇도 못 챙겨 먹는 놈 같으니라고."

그곳이 최고의 자리에 있는 것은 조말숙의 철저한 관리 덕분이다. 그런데 자신의 휘하에 있는 사람들은 넘겨줘 봐야 시류에 휘말릴 게 뻔하다는 것이다.

"특정 정당을 지지하는 새끼들은 줘 봐야 자기 무덤이나 팔 테고, 안 그런 놈들은 능력이 없고. 줘도 지키지 못하는 새끼들한테 줘 봐야 무슨 소용이 있어? 그랬다가 여기가 날아가면 매달린 입들은 어쩔 건데?"

"끄응……."

조말숙이 걱정하는 데에는 다 이유가 있었다.

다안의 위치는 강남의 한복판, 말 그대로 노른자위다.

당장 그 부지만 팔아도 수천억은 나올 만한 공간이다.

어쭙잖은 녀석에게 넘겨줬는데, 녀석이 부지를 팔고 튀면 거기만 바라보는 수많은 사람들이 굶어 죽게 된다.

그렇다고 특정 정치색을 가진 사람에게 주면 그가 위험한 게임을 하게 될 가능성이 높다.

그런데 위험한 게임에 손을 대는 순간 이곳이 날아가는 것은 순식간이다.

"능력 있고 중립에 돈 욕심 없는 새끼가 너밖에 더 있어?"

언젠가 선대의 자손에게 물려 줄 생각을 했기 때문에 후계자를 키우지 않았는데, 이게 이렇게 문제가 될 줄은 몰랐던 것.

그렇다고 이제 와서 후계자를 키우자니 주변에 돈독이 오른 놈들이 득시글거려서 도무지 키울 수 있는 여건이 되지 않았다.

"그래도 전 전혀 그쪽으로는 관심이 없는데요."

"거참, 너 고자냐? 거기서 일하는 애들을 어떻게 해 볼 생각 없어?"

"없습니다."

"고자네. 고자."

"고자 아닙니다. 그냥 싫을 뿐이죠."

"에잉, 망할 놈."

조말숙은 툴툴거리면서 곰방대에 다시 담배를 채웠다.

"하긴, 대룡에서 오라고 해도 가지 않는 새끼를 내가 어찌 꼬시누."

노형진은 씩 웃을 수밖에 없었다. 역시나 알고 있었던 것이다.

"그러면 여러 사람한테 맡기면 되지 않습니까?"

"나도 그 생각은 했지. 그런데 그런 새끼들은 뇌가 아랫도리에 달려 있어서 안 돼."

"네? 아랫도리라니요?"

"그 새끼들이 자리를 차지하면 뭐부터 할 것 같냐? 우리나라 사내새끼들은 다 똑같아."

"아……."

한국에서 성공하면 하는 것 중 하나가 바로 여자를 건드리는 것이다. 더군다나 다안은 한국에서 최고의 요정이라 연예인보다 예쁜 여자들이 많다.

"분명 아랫도리 잘못 돌리는 새끼가 나온다고."

조말숙이 소위 말하는 물장사로 자리를 잡았다고 하지만, 여자를 무시하는 사람은 아니었다.

오히려 자신이 그런 자리에 있었기 때문에 여자들을 보호하려고 노력해 왔다.

그렇다 보니 남자들이 권력을 가지면 뭔 짓부터 하는지 잘 알고 있었다.

당장 다안만 해도 최고의 요정이기는 하지만 속칭 2차는 절대적으로 아가씨의 선택이다.

아가씨가 싫다고 하면 대통령이 와도 보내지 않는 것이 조말숙, 즉 안당인 것이다.

"그러면 저는요?"

"너는 고자잖아."

"고자 아니라니까요."

"하여간 시끄러워. 받아."

"끄응……."

노형진은 머리를 벅벅 긁었다.

"제 일도 바빠 죽겠는데 그거 하겠습니까?"

"그럼 변호사 때려치워. 들어 보니 이 짓거리로 하는 돈보다 나가는 돈이 더 많다면서? 그걸 왜 하냐?"

'그건 또 어떻게 알았대?'

역시 조말숙이라고 해야 할까?

"취미입니다. 취미."

"지랄."

세 번째로 곰방대를 채우는 조말숙.

보아하니 해결되지 않으면 갈 생각이 없는 듯했다.

"하아, 좋습니다. 그러면 이렇게 하죠."

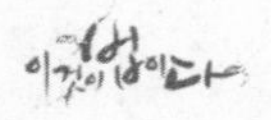

"뭘?"

"제가 해결책을 생각해 보겠습니다."

"해결책이 뭐가 있는데?"

"글쎄요……. 찾아봐야지요."

"못난 놈."

조말숙은 그렇게 말하면서도 자리에서 일어났다.

"가능하면 빨리 찾아. 나도 좀 쉬고 싶으니까."

그렇게 말하고 나가는 조말숙을 보면서 노형진은 머리를 부여잡을 수밖에 없었다.

⚖

"나 같으면 하겠네요."

"그거 민시아 변호사한테 말해도 됩니까?"

"잘못했습니다."

농담을 꺼냈다가 본전도 못 찾은 무태식은 조용히 입을 다물었다.

"흠…… 확실히 곤란한 일이기는 하네."

회의석상에서 사람들은 곰곰이 생각에 빠졌다.

노형진이 변호사 일을 그만두지 않으리라는 것은 누구나 다 아는 일이다. 하지만 다안 쪽도 심각하기는 마찬가지.

"그쪽이 엉뚱한 사람의 손에 들어가면 여러모로 시끄러울

거 알지?"

"알죠. 그러니까 제가 공식 의제로 내놓은 거 아닙니까?"

권력자의 손에 들어가면 정치계에 피바람이 불 테고, 부자의 손에 들어가면 착취의 수단이 될 것이다.

그렇다고 암흑가에 들어가면 엄청난 뇌물의 전당이 될 게 뻔한 일.

"거참…… 안당 어르신도 무리한 부탁이군. 후계자가 없는 건가?"

"없는 건 아니죠. 하지만 안당 님이 그냥 안당이 아니잖습니까?"

"하긴……."

조말숙도 나이가 있다 보니 후계자를 생각하는 것이 사실이다.

하지만 적당한 녀석이라고 생각해서 조금만 파고들어 보면 자신의 생각과 다르거나 시험 삼아 돈맛을 보여 주면 눈이 벌게진다는 것이 문제.

"쉽게 말해서 안당 님의 시험에 합격한 놈이 하나도 없는 거예요."

"쩝."

안당의 주변에는 그녀의 자리를 노리는 사람들이 많다.

그럴 수밖에 없다.

그녀는 은퇴해도 이상할 게 없는 나이인데도 기구한 운명 때문에 자녀도, 가족도 없으니까.

"더군다나 그 신부 문제 때문에 일이 커지는 모양입니다."

"신부?"

"네, 원래 그가 받았어야 했는데 물 건너갔잖습니까?"

"아!"

안당이 선대의 자식에게 이곳을 넘겨주려고 한다는 것은 상위직에 있는 사람들은 알고 있는 정보다.

그런데 이게 문제가 되었다.

그 전에는 넘겨받을 사람이 없었으니 쓸데없는 싸움이 없었다.

하지만 그가 공식적으로 거절했고 조말숙 역시 포기하자 이야기가 달라진 것이다.

"권력 싸움이 시작된 거군."

"네."

"대부분이 그러다 망하지."

송정한의 말에 노형진은 고개를 끄덕거렸다.

대부분의 기업들은 권력 싸움을 하다가 망한다.

더군다나 지금의 다안처럼 한 명에게 절대적인 힘이 몰려 있는 경우에는 그가 물러났을 때 그럴 가능성이 더 높다.

"내부적으로 이미 투쟁 상태에 돌입했나 보더군요."

"이거 참……."

다안은 새론에도 무척이나 중요한 곳이다.

그럴 수밖에 없는 게 다안에 다니는 사람들은 무척이나 사회적으로 성공한 사람들인데, 다안은 그들과 새론을 연결해 주는 중요한 매개체이기 때문이다.

"흠…… 안당 님의 걱정이 단순한 기우는 아니겠군."

조말숙은 아직도 정정하다.

그럼에도 불구하고 벌써 그런다는 것은 그동안 억눌린 문제가 한꺼번에 터져 나오고 있다는 뜻.

"우리 입장에서도 적극적으로 나설 수밖에 없겠군."

"다안을 잃으면 매년 적잖은 손해를 볼 테니까."

다안에서 소개시켜 주는 큰손들이 적지 않다.

그들을 지키기 위해서라도 다안은 안정적으로 굴러가야 한다.

"그래서 방법은?"

"첫 번째 방식은 주식회사로 돌리는 겁니다."

"주식회사라……. 확실히 주식을 가지고 지분을 나눌 테니 자기들끼리 싸우는 일은 적어지겠군."

"하지만 그 대신 외압 문제도 커지지요."

"흠……."

주식회사로 돌리면 외부에서도 그 주식을 살 수 있다는 소리가 된다.

물론 공시를 하지 않으면 생각보다 적게 돌기는 하겠지만 이 바닥에서의 구할 방법이 없는 것은 아니다.

"잘못하면 남 좋은 일만 해 주는 꼴이 됩니다."

"흠……."

주식회사는 사람이 아닌 돈이 운영하는 곳이다.

주식회사의 최고의 목적은 주주들에게 배당금을 주는 것이니 그러기 위해선 가끔은 피도 눈물도 없는 짓을 하기도 한다.

당장 대한민국 재벌들만 봐도 그렇다.

질 낮은 재료를 쓰고 하청 단가를 깎고 국민들을 호구로 보고 비싸게 팔아먹는다.

그들의 목적은 단 하나, 바로 주주들에게 수익을 나눠 주는 것.

"만일 주식회사가 된다면 수익을 위해서라도 일하는 직원들에게 2차를 강제하게 될 겁니다."

"……."

현재 다안은 철저하게 2차가 방치되어 있다.

나가는 것도, 안 나가는 것도 뭐라고 하지 않는다.

그럼에도 불구하고 애초에 2차를 나가는 비율은 채 10%가 되지 않는다.

그들은 일종의 최고의 기생이라는 생각을 가지고 있기 때문에 무척이나 손님을 가린다.

설사 나가는 사람도 그냥 돈을 줘서 나가는 게 아니라 사람이 인간으로서 마음에 들어서 나가는 것뿐이다.

"하지만 주식회사는 그렇지 못하지요."

"흠…… 그럼 협동조합을……. 안 되겠군."

주식회사의 목적은 갖다 붙이면 되는 거라 어떻게든 만들 수 있지만, 협동조합은 전혀 아니다.

더군다나 협동조합은 조합원 모두가 평등하다.

그러니 조말숙에게 모든 권위가 몰려 있는 현재와 정면으로 충돌하게 된다.

"네, 그쪽은 불가능합니다."

일단 이런 유의 협동조합은 정부에서 인정하지도 않거니와, 설사 만든다고 해도 그 배분에 문제가 생긴다.

당장 협동조합은 무조건 조합원들이 한 표씩 행사하기로 되어 있다.

그런데 투자하는 사람은 실질적으로 조말숙뿐이다.

그러면 무슨 의미가 있단 말인가?

결국 남 좋은 일만 시켜 주는 것도 마찬가지인 것이다.

"이 무슨…… 개 같은 경우야."

송정한은 지금의 상황을 정리하면서 고개를 흔들었다.

"그러니까 우리는 안당 님의 권리는 지키면서도 외부의 도움 없이 자정적으로 활동할 수 있는 화류계 업소를 만들어야 한다는 거잖아?"

"흠……."

말도 안 된다는 생각에 다들 고개를 절레절레 흔들었다.

"일단 폭력 조직이 문제야."

"그렇겠지요."

다른 것도 아니고 요정을 운영하면서 폭력 조직들과 연계되지 않을 수는 없다.

지금이야 조말숙의 힘 때문에 찍소리도 못 하고 있겠지만, 분명히 그녀가 힘이 약해지면 다안을 집어삼키려고 덤빌 가능성이 높다.

"그렇다고 가만둘 수도 없고……."

심각하게 고민하는 사람들.

보다 못한 손예은이 조심스럽게 입을 열었다.

"그럼 방치하는 건 어떨까요? 일단 싸움이 끝난 후에 승리자와 협상하는 겁니다."

"그게 제일 쉬운 방법이기는 하지만……."

송정한도 고민하는 얼굴이었다.

확실히 지금보다는 훨씬 쉽고 편하고 깔끔하다.

자신들이 적당한 이권만 챙겨 준다면 그쪽도 새론과 일하는 걸 꺼리지 않을 것이다.

일단 새론은 그들과 일하고 있기 때문엔 외부에 여러 가지 문제가 새어 나갈 일도 적고 말이다.

"그건 안 됩니다."

하지만 노형진은 그 부분에 대해서는 단호하게 선을 그었다.

"우리는 편할지 몰라도 의뢰인의 수익에는 반대가 됩니다."

"의뢰인의 수익?"

"이번 사건은 안당 님이 의뢰하신 사건입니다. 우리의 이익도 중요하지만 가장 우선해야 하는 것은 안당 님의 이득입니다."

"하지만 어차피 그쪽은……."

무슨 말을 하려던 손예은은 입을 꾹 다물었다.

하지만 노형진은 그녀가 무슨 말을 하고 싶어 하는지 알 것 같았다.

"어차피 그쪽은 화류계라는 말씀을 하시고 싶은 거죠?"

"솔직히 그렇습니다. 화류계는 음성적 부분입니다. 대한민국에서 감추고 싶어 하는 부분이기도 하죠. 그런 곳과 장시간 거래하는 것은 이미지에도 그다지 좋지 않다고 생각합니다."

그녀는 담담하게 의견을 말했다.

기업 차원에서 보면 그건 맞는 말이기는 하다.

하지만 노형진은 당장 순간만 보지 않는 사람이었다.

"그래서 그 화류계라는 게 없어진 적이 있나요?"

"네?"

"인류 역사상 가장 오래된 직업은 창녀라는 말이 있습니다. 수만 년의 인류 역사 중에서 창녀라는 직업이 없는 시대도 있었습니까?"

"그건……."

손예은은 말할 수가 없었다.

아무리 법이 엄해도 아무리 처벌이 강해도 그런 직업은 언제나 있었기 때문이다.

"법은 부정하고 싶은 게 있을 수도 있습니다. 국가란 삶을 부정하기도 하지요. 중국에서 문화혁명 당시 마오쩌둥이 곡식을 먹는 참새를 보고 '저건 나쁜 새다.'라고 했답니다. 그러자 전 중국이 나서서 참새를 박멸했지요. 그런데 그다음에 무슨 일이 벌어졌을까요? 해충을 잡아먹는 새가 없어져서 극심한 식량난이 찾아왔지요. 물론 제가 화류계나 성매매를 편드는 건 아닙니다. 확실히 현재로써는 나쁜 짓이고 장기적으로 없어져야 하는 것이기는 하지요. 하지만 이건 현실입니다. 우리가 힘들다고 이미지 좀 챙기겠다고 현실에서 눈을 돌리면 그들은 누구의 도움을 받아야 할까요? 변호사라는 직업이 왜 생겼는지 생각해 보십시오."

그러자 손예은은 결국 자신의 실수를 인정할 수밖에 없었다.

"죄송합니다. 제가 경솔했네요."

변호사는 사회적 약자를 지키기 위해 만들어진 직업이다.

저들 역시 욕먹고 불법적으로 일을 하는 사람들.

사회적으로 약자의 자리에 있는 것이다. 돈을 많이 벌지는 모르지만 법으로부터 보호받지 못하기 때문이다.

"그런 그들에게서 돈을 이유로 고개를 돌리는 건 변호사로서의 신념을 저버리는 행위라고 생각합니다."

"그건 노 변호사 말이 맞네."

송정한도 그 부분에 대해서는 인정했다.

사회가 등을 돌리고 부정해도 현실에서 등을 돌려서는 안 되는 게 변호사다.

"그러니 기다리는 것은 작전에서 빼도록 하겠네. 의뢰가 안 들어왔으면 모를까, 의뢰가 들어온 이상 그들이 불법적인 일을 한다고 무시할 수는 없네."

손예은은 조용히 입을 다물 수밖에 없었다.

"그러면 적당한 방법은 뭐가 있겠는가?"

송정한은 노형진을 바라보면서 물었다.

많은 사람들이 있지만 가장 먼저 사건을 받은 것도, 그리고 가장 많이 고민한 것도 노형진인 건 당연한 일이니까.

"제 생각에는 부자들을 따라 하는 게 어떨까 생각합니다."

"부자들을 따라 하자고?"

"네."

"그게 뭔데?"

"재단을 만드는 겁니다."

"흠?"

"아시잖습니까, 대한민국에서 재단 관련 법이 가장 보수적이며 또한 변화가 적은 거."

"이거…… 참 씁쓸한 말이군."

송정한은 노형진의 말을 듣고는 입맛을 다셨다.

재단이라고 하면 보통 공공의 목적으로 만들어진 장학 재단이라고들 생각한다.

하지만 그건 극히 일부이고, 대부분의 재단은 탈세를 목적으로 또는 재산 증식을 목적으로 만들어진다.

오죽하면 강남 건물주 중에 재단 하나 없는 놈은 애국자라는 말이 있을 정도다.

재단이 없으면 세금이 엄청나게 많아지기 때문이다.

"확실히…… 어지간한 사람들은 죄다 재단 하나씩 가지고 있지."

탈세 방법은 간단하다.

일단 자신의 재산을 내놔서 장학 재단 같은 것을 만든다.

그러면 세금이 개인이 내는 것보다 훨씬 적어진다.

그 후에 세금으로 나가는 만큼만 장학금을 내놓는다.

대한민국에서 그러한 장학금은 세금에서 깎아 준다.

결과적으로 그 세금은 안 내도 되는 것이 된다.

그렇다면 그 사람에게서 돈이 나가는 것이냐?

아니다.

재단은 법적으로 출자자의 재산과 별개의 것으로 취급되지만, 출자자가 그 재단의 대표를 해 버리면 결국 그 재단의 재산 또한 출자자의 것이 된다.

그래도 세금을 낸 만큼 장학금을 냈으니 세금 낸 거나 마찬가지 아니냐고 할 수 있겠지만, 장학금을 받는 대상은 철저하게 재단 소관이다.

즉, 자기와 관련된 사람들에게 주는 것도 장학금이 되는 것이다.

"재단이라……. 확실히 방법이기는 하네."

만일 재단에 재산을 내놓는다면 그 재산은 조말숙의 재산에서 이탈한 것임과 동시에 이탈하지 않은 것과 같은 효과를 가지는 셈이다.

조말숙이 재단의 지분 중 가장 큰 몫을 가지게 될 테니 말이다.

"하지만 공식적으로 그 재산은 재단에서 관리하게 됩니다. 조말숙이 후계자 문제로 괴롭힘을 받을 이유가 전혀 없어지는 셈이지요."

"맞네. 문제는 '그 재단 대표를 누가 하느냐'라는 거군."

"그건 조말숙 선생님과 이야기해야지요."

그렇게 되면 다른 사람들은 조말숙에게 섣불리 대하지 못한다.

하나 그렇다고 싸우지도 못한다. 재단을 설립하지 않은 상태에서 조말숙의 후계자가 되면 모든 걸 물려받지만, 재단을 설립하고 그 재단의 대표가 되면 후계자는 고용인이 될 뿐이다.

섣불리 이상한 짓을 하면 조말숙은 언제든지 그를 해직할 수 있는 이사장 자리에 있으니 문제가 있다면 자르면 된다.

"하지만 재단은 기본적으로 비영리 집단 아닌가요?"

무태식은 그 말을 듣다가 고개를 갸웃했다.

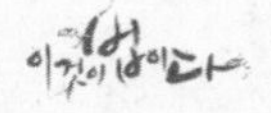

재단은 분명히 비영리를 기준으로 삼는다.

재단은 회사에 비해 무척이나 세제 혜택이 많으니 재단의 영리를 인정하게 된다면 개나 소나 재단을 세울 테니까.

"그거야 이유를 만들어 붙이면 되는 거죠. 다들 그러니까요."

"하긴……."

말로는 장학 재단이라고 하지만 장학금을 주지 않는 곳도 있다.

독도 지킴이 재단이니 대한민국 견종 보호 재단이니 하는 식으로 이름만 있는 있는 데다, 활동하지 않는 재단은 한두 곳이 아니다.

그들의 목적은 결국 재산을 지키는 것이니까.

"그러면 적당한 걸로 해 보죠."

다들 고개를 끄덕거렸다.

"그러면 이번 사건은…… 손 변호사가 좀 해 보게."

"네? 제가요?"

아까 전 실수로 미안함에 아무런 말도 하지 않고 있던 손예은은 깜짝 놀랐다.

자신의 편협함을 드러낸 것 같아서 이번 사건이 자신에게 올 거라고 생각도 못 했던 것이다.

"내가 봐서는 손 변호사가 적당해. 어차피 그곳은 여자들이 일하는 공간일세. 그러니 아무리 그래도 여자가 있는 게 편하겠지."

송정한은 그렇게 말했지만 사실은 손예은에게 그들의 삶을 보여 주고 싶어서였다. 그들 역시 사람이며 새론에서 이끌고 가야 한다는 걸 인지시켜 주고 싶었던 것이다.

"뭐, 좋다고 생각합니다."

노형진 역시 그 부분은 동의했다.

더군다나 여자가 있어야 한다는 부분도 맞는 말이다.

아무리 법적인 문제라고 하지만 여자들끼리만 통하는 게 있으니 말이다.

"이번에는 얼마 안 걸리겠군."

재단을 만드는 건 어렵지 않다. 몇 가지 허가만 받으면 되는 것이다.

그래서 노형진은 쉽게 생각하고 있었다.

"뭐, 이번 일은 어렵지 않게 끝나네요, 하하하."

새론의 사람들은 그렇게 생각하고 있었지만 그게 속단이라는 사실을 모르고 있었다.

"뭐라고?"

성준기는 자신에게 들어온 정보에 놀라서 손을 부들부들 떨었다.

"그게 무슨 말인가?"

"이 노망난 할망구가 재단을 만든다고 합니다."
성준기 앞에 자리를 잡은 남자는 공손하게 고개를 숙였다.
성준기는 고개를 삐딱하게 들고 그를 바라보았다.
"재단을? 그게 무슨 말이야, 김 기사?"
김 기사는 공식적으로 성준기의 운전기사다.
하지만 고현대를 나온 재원으로, 사실상 성준기의 두뇌 같은 존재였다.
"재단을 만들어서 권력을 놓치지 않으려는 생각인 듯합니다. 적당한 사람을 이사로 앉혀서 관리시킨다고."
"이 할망구가 미쳤나!"
성준기는 이를 빠드득 갈았다.
그렇게 되면 자신이 지금까지 한 모든 일이 수포로 돌아간다.
이 다안을 집어삼키기 위해서 얼마나 노력했던가?
그래서 사실상 후계자 1순위였다.
조말숙 앞에서는 웃으면서 알랑방귀를 꾸고 있었지만 사실상 그녀가 죽기를 얼마나 기다리고 있었는가?
그런데 재단이라니?
"그게 말이나 돼!"
조말숙, 그러니까 안당이 가진 힘만 얻을 수 있다면 자신은 원하는 대로 할 수 있다.
자신을 밀어주기로 한 정당도 있는데, 여기서 정보를 모아주는 조건으로 국회의원 자리, 그것도 비례대표 1번 자리까지 약속받았다.

그러니 조말숙은 자신을 위해 자신을 후계자로 지목하고 죽으면 되는 것이다.

"도대체 왜! 어떻게 된 거야! 그런 말은 없었잖아!"

김 기사에게 해명을 요구하는 성준기.

그걸 예상한 김 기사였기에 미리 준비한 답변을 하는 것은 어려운 것이 아니었다.

"새론의 소행입니다."

"새론?"

"네."

성준기는 어이가 없었다.

조말숙이 새론, 정확하게는 노형진과 친밀하게 지낸다는 사실은 알고 있었다.

그런데 갑자기 재단이라니.

"아무래도 노친네가 자신이 죽고 난 후에 일을 모르지는 않나 봅니다."

"끄응…… 망할 년 같으니라고."

사실 조말숙이 살아온 흔적을 돌이켜 보면 그걸 모르는 게 더 이상하다.

현재로써는 자신을 가장 신임하는 것처럼 보이지만 그건 말 그대로 그렇게 보일 뿐이고, 만일 자신이 무리한 짓을 하려고 한다면 그 신임은 바람처럼 사라질 것이다.

'그리고 난 팽 당하겠지.'

다안에서 높은 자리에 있다고 하지만 결국 고용인일 뿐이다.

조말숙이 팽 하고자 하면 저항도 못 하고 나가야 하는 것이다.

"대책은?"

성준기는 눈앞에 있는 김 기사를 바라보았다.

그는 고현대 경제학과를 나온 훌륭한 재원이다. 이런 사건의 해결책을 모를 리 없다.

"일단은 허가를 늦추도록 해야 할 듯합니다."

"허가를?"

"네, 재단은 허가받아서 만드는 것입니다. 즉, 재단에 대한 허가가 나오지 않으면 할망구는 재단을 만들지 못합니다."

"크흠……."

그는 한참 고민하다가 고개를 끄덕거렸다.

이대로 팽 당하는 것보다는 차라리 나서서 발악해 보는 게 나을 듯했기 때문이다.

"그래서 넌 계획이 있나?"

"있습니다."

"좋아. 한번 제대로 해 봐. 이번에는 전폭적으로 밀어주지."

그는 그렇게 말하면서 조말숙이 있는 가장 안쪽을 무섭게 노려보았다.

“뭐야?”

노형진은 시청에서 날아온 불허가 결정문을 보면서 당황했다.

“아니, 어째서?”

관련된 서류는 다 준비되었고 누락된 것도 없었다.

그렇다고 이상하게 된 부분도 없었다.

공식적으로 다안은 ‘다안기생문화연구원’이라는 재단으로 설립될 예정이었다.

그건 틀린 말은 아니다.

한국의 기생은 창녀와 다르다.

말 그대로 기와 예를 다루는 그 시대의 엔터테인먼트 같은 존재들이었다.

그리고 다안은 그런 부분을 상당히 많이 받아들여서 얼굴뿐만 아니라 기와 예를 다루도록 세심하게 훈련까지 시킨다.

그래서 어렵지 않게 허가될 거라 생각했는데 불허라니?

“아니, 어째서……?”

“쯧쯧, 변호사라는 녀석이 이렇게 멍청해서 어쩌누.”

마침 노형진의 사무실에 있던 조말숙은 끌끌 혀를 차면서 곰방대에 담배를 채웠다.

“여기는 금연이라고 몇 번이나 말씀드렸습니다만?”

"그래서 내쫓게?"

"그건 아니지만……."

"그럼 그냥 조용히 있어."

그녀는 능숙하게 곰방대에 불을 붙이고는 그걸 몇 번 쭈욱 들이켰다. 그리고 한참 침묵을 지키다가 조용히 입을 열었다.

"그게 그렇게 쉽게 될 거라 생각했냐?"

"네?"

"재단인지 뭔지 하는 거 말이다, 그렇게 쉽게 될 거라고 생각했느냐고."

"솔직히 어려운 건 아니니까요."

이건 그저 행정상의 절차일 뿐이다.

법적으로 싸우고 누구에게 손해배상을 하고 누구 하나 감옥을 보내기 위해 투쟁하는 게 아닌, 서류만 내면 허가되는 기계적인 과정이었던 것이다.

그런데 불허라니.

"내가 그렇게 쉬웠으면 네놈한테 떠넘겼을까?"

"무슨 말씀이신지?"

"그 재단이라는 게 확실히 좋은 방법이기는 해. 나도 예상하지 못했던 방법이지만 좋은 방법이기는 해. 하지만 다른 녀석들이 그걸 모른 척하고 넘어가겠냐 이 말이다."

노형진은 침을 꿀꺽 삼켰다.

"그 말씀은 방해가 들어온다는 겁니까?"

"저 인간들도 바보는 아니야. 바보라고 해도 그 정도 돈이 있는 자리에 있는 새끼들에게는 똑똑한 놈이 한두 명 있기 마련이라고."

"그럼?"

"그놈들이 그동안 후계자가 되겠다고 나한테 공들인 게 얼마인데."

그녀에게 충성을 바친 것은 단순히 그녀가 가진 힘이 두려워서가 아니다.

그녀에게 충성을 바쳐서 그녀에게 후계자로 지목되면 그 힘을 자신이 가질 수 있어서다.

그래서 그렇게 이를 악물고 그녀에게 알랑방귀를 뀌면서 충성을 바친 것이다.

그런데 그녀가 재단을 만든다고 하니 난리가 난 거다.

"만일 내가 재단인지 뭔지를 가지게 된다면 대표이사의 선임권은 내가 쥐게 된다며?"

"네."

"그렇게 되면 지금보다 더 일이 더러워지는데 그 녀석들이 가만히 있겠어?"

"흐음……."

지금까지야 조말숙이 중심을 잡고 버티면서 일을 시켰다지만, 재단을 만들게 되면 조말숙은 이사를 뽑는 이사장 자리를 앉게 된다.

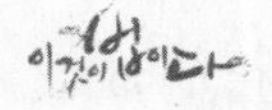

"그러면 결국 난 일도 하지 않고 아랫놈들은 죽어라 일만 하게 된다고. 그런데 그 녀석들이 그걸 그대로 넘어갈 거라 생각한 거야? 쯧쯧, 변호사라는 인간이 철이 이리 없어서 어쩌누……."

노형진을 보면서 혀를 끌끌 차는 조말숙.

하지만 이번에는 노형진도 자신의 실수를 인정할 수밖에 없었다.

"제가 너무 쉽게 봤군요."

"쉽게 봤지. 어찌 되었건 다안도 화류계야. 사회적으로는 지탄받는 술집이란 말이지. 그런 곳에서 일하면서 후계자 자리 경쟁까지 하는 녀석들이 바르고 정의롭게 아아, 그러면서 물러날 거라 생각한 거야? 내가 그런 녀석이 있으면 기꺼이 후계자 자리를 주지."

노형진은 씁쓸하게 미소를 지었다.

"그러면 그들도 어느 정도 힘은 가지고 있겠군요."

"그렇지. 내가 나서는 경우는 무척이나 드무니까."

'그렇다면 평소에는 그들이 나서서 일을 해결했다는 뜻인데.'

그러면 허가되지 않은 것도 이해가 간다.

허가를 내주는 것은 결과적으로 주무관청의 재량이다. 그러니 그들이 관청에 압력을 행사해서 막는 것은 어려운 일이 아니다.

"더군다나 그쪽 놈들도 그걸 별로 안 좋아할걸."

"네?"

"난 후계자도, 자식도, 가족도 없지. 그런 상황에서 내가 죽으면 그 재산은 어디로 가겠어?"

"그거야……."

노형진은 말을 하다가 아차 했다.

그렇게 된다면 그 재산은 기본적으로 국가에 귀속된다.

그리고 그 재산을 처분하는 사람은 당연히 재산이 있는 주무관청이다.

"내 재산이 얼만지는 알지?"

"네……."

만일 관청에서 적당히 처분 과정에 장난을 좀 친다면 최소 몇십억, 최대 몇백억을 따로 빼돌릴 수도 있다.

그러나 그건 재단이 없기 전의 이야기다.

만일 재단을 만들고 나면 그 재산은 재단에서 관리하게 된다.

"이거, 일이 좀 곤란해지겠는데요?"

결과적으로 다안이라는 요정의 내부 인사들뿐만 아니라 외부에서 그 재산을 노리는 똥파리들과도 싸워야 한다는 소리다.

"재산이라는 게 참 지랄 같은 거지."

그녀는 비어 버린 곰방대를 채우면서 중얼거렸다.

"난 이미 의뢰했으니까 네가 알아서 하거라."

그 말을 들으면서 노형진은 진심으로 한숨을 쉬는 수밖에 없었다.

"하아……."

⚖

"좀 알아봤나?"

일단 가장 먼저 알아봐야 하는 것은 반대하는 녀석들을 골라내는 것이다.

그래야 걸러 낼 녀석은 걸러 내고 데리고 갈 녀석은 데리고 가기 때문이다.

하지만 현실은 비참했다.

"네, 조금씩 알아봤는데……."

"그런데?"

"그냥 다라고 생각하면 됩니다."

"다?"

고문학 팀장의 말에 듣고 있던 송정한은 얼굴을 찌푸렸다.

그러자 고문학 팀장은 어쩔 수 없다는 듯 어깨를 으쓱했다.

"그럴 수밖에 없지요. 후계자 구도로 되면 자신이 먹을 가능성이 아주 조금이라도 있지만, 후계자 구도가 아니라 재단 형태로 가게 되면 자신이 먹을 수 있는 가능성은 전혀 없으니까요."

"흠……."

맞는 말이다.

재단을 만들게 되면 새론이 감사하게 되어 있다.

그러면 새론의 특성상 자신들과 함께 돈을 횡령하거나 이권에 개입할 가능성은 없다고 봐도 무방하다.

“그러니 반대할 수밖에요.”

“그 정도인가?”

“지금 분위기만 봐서는 누가 자기 돈을 빼앗아 간 듯한 분위기입니다.”

고문학의 말에 듣고 있던 손예은 변호사는 고개를 갸웃했다.

“그러면 차라리 다 자르고 새로 시작하는 게 좋지 않을까요?”

하지만 노형진은 고개를 흔들었다.

“그건 불가능합니다. 화류계는 일반적인 기업과 완전히 다릅니다. 화류계의 구조는 친목과 인맥으로 맺어진 경우가 대부분입니다. 만일 그쪽에서 뭉쳐서 저항한다면 아무리 다안이라고 할지라도 타격을 입지 않을 수는 없습니다.”

“그런가요?”

“네, 물론 다안의 기본적인 재산인 땅과 건물은 어쩔 수 없겠지만 안당 님이 가지고 있는 이념과 신념은 그냥 사라지는 겁니다.”

문제는 조말숙은 재산이 아까워서가 아니라 자신의 신념을 지키기 위해 후계자 문제를 고민하느라 재단을 만들려고 한다는 것이다.

어차피 죽으면 가지고 가지도 못할 재산이다.

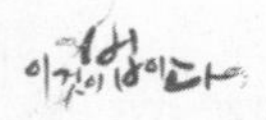

그러니 그걸 제대로 쓰고 싶은 게 그녀의 마음이었다.

“그러니 다안을 없애는 극단적 선택도 무리가 있습니다. 물론 아예 기초부터 생각할 생각으로 그들을 내치고 처음부터 다시 시작할 수도 있겠지만…….”

“그러기에는 안당 님의 나이가 많지.”

물론 이미 한번 최고의 자리에 있던 사람인 만큼 다시 그 자리에 올라가는 것은 어려운 것이 아닐 것이다.

하지만 그럼에도 불구하고 그런 행동을 하기에는 조말숙의 나이는 많은 것이 사실.

“어차피 이들을 내치면 똑같아지지 않나요?”

“그러니까요.”

무조건 내쫓을 수도, 그렇다고 함께 데려갈 수도 없는 상황.

“더군다나 그들이 외부 세력과 결탁해서 일을 방해한다는 증거가 속속 나오고 있습니다.”

“결탁?”

“일반적으로 재단 허가는 어렵지 않게 나옵니다. 하지만 이상하게 이곳에 대한 허가만 나오지 않고 있지요.”

“흠…….”

“그런데 성준기라는 사람이 시장과 긴밀하게 움직이는 흔적이 발견되었습니다.”

“시장과?”

“네.”

노형진은 얼굴을 찌푸렸다.

'안 좋아.'

서울시장은 평범한 시장 자리가 아니다.

대권을 노리는 사람들이 한 번은 거쳐 간다고 할 정도로 한국의 중심 같은 자리다.

게다가 말이 시장이지, 실질적으로 다른 도지사급으로 간주된다. 그것도 경기도같이 인구가 많은 급으로 말이다.

"아니, 시장이 왜?"

송정한은 고개를 갸웃했다.

다른 곳의 시장이라면 돈 때문에 그럴 수 있다고 생각하지만, 서울시장쯤 되면 스스로도 엄청난 돈을 가지고 있고 소속 정당에서도 엄청나게 밀어주는 사람일 수밖에 없다.

그런데 그런 그가 방해하다니?

"아마도 돈 때문일 겁니다."

"돈 때문이라니?"

"아시다시피 다안의 자리는 노른자위입니다. 만일 그 자리에 건물을 세운다고 하면 최소한 1조 이상의 수익을 낼 수 있지요."

"그런데?"

"그런데 조말숙 님은 자녀가 안 계십니다. 만일 후계자가 지정되지 않는다면 당연히 재산은 국가에 귀속됩니다."

"설마?"

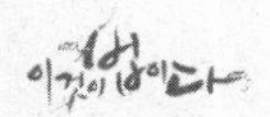

"네, 현 시장이 대권에 욕심을 가지고 있는 것은 다 아는 사실이죠."

사실 다른 사람들은 모르지만 노형진은 그에 대해 기억하고 있었다.

그는 서울시장 시절, 자신의 힘과 서울시의 힘을 이용하여 대권, 즉 대통령 선거에 도전하기 위한 라인을 만들었던 사람일 정도로 정치적 야망이 큰 사람이었다.

그러나 '아차.' 하는 실수 때문에 결국 나락으로 떨어져서 결국은 다시 올라오지 못했다.

'그리고 지금쯤이면 그가 나락으로 떨어지기 직전일 거야.'

지금 그는 서울 내부에 비밀리에 대권 운동을 위한 라인을 만들고 있는데, 그걸 운영하기 위해선 막대한 자금이 들어간다.

"그런 상황에서 안당 마님의 재산은 무척이나 탐이 나는 것일 겁니다. 자신이 어떻게 하느냐에 따라 달라지겠지만 국고에 환수된다고 하면 100억 이상 빼돌리는 건 어렵지 않으니까요."

"하지만 그러면 자신의 목적과 정면충돌하는 거 아닌가?"

성준기를 비롯한 사람들은 후계자가 되기 위해 노력하고 있다.

그런 상황에서 국고로 환수한다고 하면 엄청난 정치적 재산적 손실이 될 수밖에 없다.

"그렇게 되면 돈은 얻지 못하더라도 자신을 도와주는 다안이라는 집단은 얻게 되겠지요.”

“음…….”

다안의 능력은 어마어마하다.

무협지로 보자면 온갖 하층민으로 구성되어 정보가 흐른다는 하오문 같은 존재다.

“만일 다안이 나서서 그를 대통령으로 밀면 정치인들에게 로비하기도 쉬워질 겁니다.”

“흠…….”

일단 대통령은 국민이 선출하지만 대통령 후보로 나가기 위해서는 정치인들이 그를 공천해 줘야 한다.

그건 즉, 누구 하나는 떨어져야 한다는 뜻이다.

“그런 상황에서 다안의 힘은 그를 공천시키는 데 엄청난 위력을 발휘할 겁니다.”

국민에게 직접적으로 손쓰지는 못하겠지만 공천권이 있는 사람들을 움직일 수 있는 게 다안이다.

“결과적으로 대선을 움직이기 위해서는 다안을 집어삼켜야 한다는 거군요.”

“최소한 다안을 휘두르는 작자들과 손잡아야 한다는 뜻이기도 하지요…….”

다안을 집어삼키거나 다안을 물려받은 누군가와 손잡아야 한다는 것이다.

“정치적인 건 영 곤란한데 말이야.”

송정한은 얼굴을 찌푸렸다.

새론은 기본적으로 정치와 선을 그어 왔다.

다른 변호사 집단들이 정치인들과 어떻게 해서든 선을 만들어서 정치계에 진출하려고 하는 것과는 다르게 말이다.

그럴 수밖에 없는 게 그들의 목적은 정부에서 내려오는 소송을 싹쓸이해서 받아 내는 것이다.

하지만 새론은 친서민 정책을 쓰는 집단이다.

만일 특정 정치 집단과 친밀해지는 경우, 반대 집단이 정권을 받으면 의뢰인에게 피해가 갈 수도 있는 게 현실이다.

의뢰인과 관련 없다고 해도 해당 로펌을 죽이기 위해 고의적으로 판결을 조작하는 경우가 없지 않으니까.

"그렇기는 하지만 이번에는 손을 뗄 수가 없겠군요."

"흠……."

"차라리 아직 시작도 하기 전에 확실하게 못을 박아 두는 것이 나을 듯합니다."

"그럴지도……."

어찌 되었건 저쪽에서는 아직 노골적인 움직임을 보이지 않고 있다.

그 전에 어떻게 해서든 재단을 통과만 시킬 수 있다면 저쪽에서 어떠한 행동도 할 수 없을 것이다.

"그럼 가장 먼저 뭘 해야 하나?"

"글쎄요……. 일단은 파리부터 잘라 내야 할 것 같습니다."

"파리?"

"돈이 있으면 파리는 붙기 마련이니까요."

"흠, 파리라."

"내부를 정리하기 전에 파리가 꼬이면 여러모로 곤란하니까요."

"그러면 파리는 어떻게 쫓아낼 생각인가?"

노형진은 피식 웃었다.

"파리는 역시 파리약이죠."

영문을 알 수 없는 말에 거기에 있는 사람들은 고개를 갸웃할 수밖에 없었다.

인간의 욕심은 끝이 없다

"재판장님, 이번 사건과 관련해 피고 서울시 측은 어떠한 이유도 없이 무조건적으로 원고 측의 신청을 반려하고 있습니다."

"에…… 그건 서류 미비로 인한 반려일 뿐입니다."

"법적으로 필요하다고 판단되는 서류는 다음 증거와 같이 제출한 상태입니다."

노형진은 상대방을 무차별적으로 공격했다.

상대방은 변호사도 아닌 공무원이다.

그는 땀을 뻘뻘 흘리면서 어떻게 해서든 방어하려고 했지만 애초에 부당하게 허가를 내주지 않고 있던 상황이라 뭐라고 할 수가 없었다.

"하지만 원고 측은 제출 기한을 지키지 않았습니다."

"애초에 제출 기한이라는 것도 웃긴 겁니다. 보시다시피 시청 측은 제출 기한을 일주일 후로 이야기했습니다. 그런데 해당 서류를 신청하자 시청에서는 정확한 이유도 없이 2주간 서류 발급을 지체했습니다."

웃긴 일이다, 서류를 요구하고 발급해 주는 것 역시 시청인데 2주간 서류를 주지 않는다는 것은.

"그건 서로 관련이 없는 부서들인지라……."

땀을 삘삘 흘리는 공무원.

노형진은 그걸 보면서 코웃음을 쳤다.

'웃기고 있네.'

애초에 이렇게 말도 되지 않는 상황이 이루어지는 것은 단 하나, 바로 위에서 하지 말라는 명령이 떨어졌기 때문이다.

하지만 그는 모르는 게 있었으니 그건 바로 그가 위의 명령에 따라 일을 하지 않는다고 해서 위에서 그를 보호할 리 없다는 것이다.

"다음 기일까지 추가 증거를 제출하기 바랍니다."

판사는 여러 가지 자료를 보다가 얼굴을 찡그렸다.

아무리 봐도 이건 터무니없이 말도 안 되는 사항이었기 때문이다.

"네……."

결국 땀을 삘삘 흘리면서 나오는 공무원.

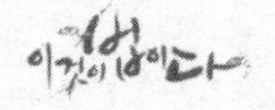

한겨울임에도 불구하고 노형진의 공격에 진땀이 멈출 줄 몰랐다.

"그냥 가시게요?"

노형진은 재판정 바깥에서 웃으면서 그에게 다가갔다.

"그럼 가지, 안 갑니까? 당신 같으면 여기에 더 있고 싶겠습니까?"

이를 빠드득 갈면서 노형진을 노려보는 남자.

그러나 노형진이 그런 그의 눈빛을 두려워할 리 없었다.

"지금 만나려고 기다리는 분도 계시는데요?"

"기다리는 분?"

그는 그제야 노형진의 뒤에 서 있는 사람들을 발견할 수 있었다.

"누구……?"

"경찰에서 나왔습니다."

경찰이라는 말에 남자는 주춤주춤 물러났다.

'그래, 켕기는 게 무척이나 많겠지.'

뇌물이야 기본으로 받았을 테고, 온갖 압력을 다 행사했을 것이다.

그러나 오늘은 그것 때문에 온 게 아니었다.

그가 무슨 짓을 했든 자신과는 상관없다.

"무슨 일입니까?"

"업무상 배임으로 고발이 들어왔습니다."

"업무상 배임이라니요?"

"자세한 건 서에 가서 이야기하시지요."

자신의 신분증을 내밀면서 그의 옆에 자리 잡는 두 명의 경찰.

그제야 노형진의 함정에 빠진 것을 알아챈 공무원은 얼굴이 사색이 되었다.

'망했다.'

일단 업무상 배임으로 들어가면 자신에 대한 취조가 시작되면서 자신의 계좌 같은 것에 대한 추가적인 조사도 이루어질 것이다.

그렇게 되면 자신이 뭐 하나 걸려 들어가지 않을 리 없다.

"이건 함정이야!"

발버둥을 치는 남자.

노형진은 그에게 다가와서 슬며시 말을 건넸다.

"어차피 경찰분들은 체포 영장을 가지고 온 것 같지는 않네요. 그렇지요?"

"응?"

공무원은 뭔 소리인가 하는 얼굴이 되었다.

"구속영장이나 체포 영장이 없으면 기본적으로 그건 동행이죠. 강제할 수는 없습니다."

"그건……."

경찰은 곤란한 표정이 되었다.

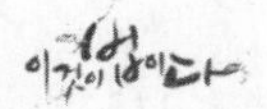

반대로 그 소리를 들은 남자는 얼굴이 환해지더니 경찰의 손을 뿌리쳤다.

"안 가! 썅! 내가 왜 거길 가!"

후다닥 도망가는 그를 보면서 노형진은 씩 웃었다.

그는 늑대 아가리를 피해 호랑이 아가리로 머리를 들이민 걸 모를 것이다.

"감사합니다."

노형진은 멍하니 서 있는 경찰에게 다가갔다.

"별말씀을요."

경찰은 노형진이 주는 봉투를 슬쩍 받아서 주머니에 넣었다.

그 행동이 얼마나 빠른지, 주변에서는 그 장면을 본 사람이 없었다.

"그나저나 진짜로 이걸로 된 겁니까?"

"네, 이거면 된 겁니다."

노형진은 고개를 돌려서 문 바깥으로 나가는 남자를 보면서 미소를 지었다.

⚖

"이게 무슨……?"

다음 날, 서울시장 비서실에서는 난리가 났다.

언론에는 경찰의 수사를 피해 도주하는 직원의 모습이 취재되어 올라간 것이다.

몇몇 인터넷 언론에 올라온 뉴스였지만 그 뉴스는 무섭게 빠르게 퍼지고 있었다.

"당했습니다."

비서실장을 보좌하던 박 차장은 진땀을 흘렸다.

"언론에서는 경찰의 수사를 피해 도주하는 그 모습을 정통으로 찍었습니다."

"도대체 어떻게 된 거야!"

"경찰의 말로는 뇌물 수수와 업무상 배임으로 고발이 들어와서 확인 차원에서 동행했답니다."

"그런데?"

"그걸 뿌리치고 도망갔다는 거죠."

일반적인 사람들은 임의동행이라는 단어를 모른다.

그러니 경찰이 부르면 당연히 가야 한다고 생각한다.

그런데 영상 속의 남자는 경찰에게 소리를 버럭 지르면서 손을 뿌리치더니 휙 바깥으로 나갔다.

너무 멀어서 소리는 확인할 수가 없지만, 상황만 봐서는 누가 봐도 권력을 찍어 누르고 나온 것처럼 보였다.

더군다나 나오자마자 누군가에게 전화하는 것이 찍혀 있었다.

"이익……."

비서실장은 상황이 곤란하게 돌아가고 있다는 사실을 알

아차렸다.

안 그래도 다안에 관심을 보이는 시장 덕분에 이걸 어떻게 해야 하나 고민하고 있는데 생각지도 못한 악재가 터진 것이다.

"일단은…… 내가 보고해 보겠네."

"과연 문제가 안 될까요?"

"문제가 안 될 리가 있나……."

시장의 명령에 따라서 작전을 실행하고 있었다는 것은 그도 알고 있었다.

그런데 이런 일이 터졌으니 아무래도 언론이 그에게 붙을 건 당연하고, 작전에도 치명적인 문제가 생길 수밖에 없다.

"난 시장님에게 다녀올 테니 그 녀석한테는 바로 근신에 들어가라고 해."

"네."

물론 말이 근신이지, 이제 그는 한직으로 밀려나는 수밖에 없다. 언론에 찍힌 녀석을 카드로 쓰기에는 위험부담이 너무 크기 때문이다.

"응?"

그가 막 시장실로 갈 때였다. 저 멀리 한 무리의 사람들이 몰려오는 것이 보였다.

"무슨 일이십니까?"

"시장하고 면담하러 왔습니다."

"시장님하고요?"

눈앞에 있는 사람들은 다름 아닌 시의회 의원들이었다. 그들은 시장과 반대파에 있는 사람들이었다.

'큭…….'

그걸 보고 비서실장의 얼굴이 일그러졌다.

현재 서울시에는 시장과 반대파 정당에 있는 시의원들이 더 많다.

그런 그들이 직접 여기까지 찾아왔다는 건 결코 좋은 의미가 아닐 것이다.

"시장님은 바쁘십니다."

"쓸데없는 욕심을 부리는 모양이죠?"

"무슨 말씀이십니까?"

"우리라고 귀가 없는 줄 아십니까? 설마 그쪽에 우리가 사람이 없다고 생각하세요?"

선두에 선 남자의 말에 비서실장의 얼굴이 사색이 되었다.

'젠장, 그걸 어떻게?'

이번 건수는 철저하게 비밀이다. 그런데 시장의 반대파가 끼어든 것이다.

"지금 전쟁하자 이겁니까?"

"그건 아닙니다만……."

당장 수세에 몰린 비서실장은 진땀을 흘리면서 변명할 수밖에 없었다.

⚖

"역시나……."

노형진은 갑자기 잠잠해지는 시청 쪽 압력을 보면서 피식 웃었다.

"아무것도 안 했는데 일이 무마되는군요."

손예은은 기가 막히다는 듯 중얼거렸다.

"다안은 확실하게 군침이 나는 먹잇감입니다. 하지만 그만큼 가시가 많은 먹잇감이기도 하지요."

"아."

노형진은 정치권과 정면충돌할 생각이 없었다.

그렇게 되면 자연스럽게 반대파와 친밀해질 수밖에 없으니 새론의 정치적 중립성이 훼손된다.

"그럴 때는 상대방을 조금만 건드리면 되지요."

"하긴…… 그쪽도 그다지 깨끗하지 않다는 건 누구나 아는 사실이니까요."

손예은도 수긍하고 고개를 끄덕거렸다.

다안의 가장 큰 힘은 정보력이다.

어둠의 세계에서 떠도는 정보들과 증거들, 그 모든 것을 얻을 수 있는 집단 중 하나일 정도다.

"아마 시의원들은 기겁할 겁니다."

지금 시의원들은 시장과 사이가 무척이나 안 좋다.

단순히 소속 정당이 다르다는 정도가 아니라. 인간적으로나 공적으로도 서로 교류하지 않으려 한다.

"그런 상황에서 시장이 다안을 집어삼키려고 한다는 소식을 들으면 무슨 생각이 들까요?"

노형진이 노린 게 바로 그것이다.

노형진은 우연을 가장해서 시장이 다안을 노리고 있다는 소식이 그들의 귀에 들어갈 수 있게 한 것뿐이다.

"도둑이 제 발 저리겠지요."

"네."

다안을 손에 넣으면 시의원들의 약점을 잡으려고 할 건 당연한 일이다.

그런데 시의원들 역시 정치하는 사람들이니 그런 것에 무척이나 예민할 수밖에 없었다.

"그래서 시장에게 몰려간 거군요."

"네, 시의원들은 현 시장이 대권에 욕심을 가지고 서울시를 총동원해서 대권 준비한다는 걸 알고 있습니다. 그 상황에서 다안이 생기면 가장 먼저 뭘 할까요? 바로 자신들에게 방해가 되는 사람을 찍어 내려고 하겠지요."

현재 그들은 시장의 대권 준비를 방해하는 세력이나 마찬가지다.

만일 그들을 찍어 낼 수만 있다면 서울시는 그의 공화국이나 마찬가지가 된다.

"이이제이죠."

"그러면 그쪽은 일단 다안 쪽에 신경을 쓰지 못할까요?"

"아마 그럴 겁니다. 시장이 바보가 아닌 이상에야 무슨 뜻인지 모르지는 않을 테니까요."

우연히 들어간 것처럼 되어 있지만 시장이 그게 진짜 우연이라 생각할 가능성은 없다.

분명히 이걸 경고로 받아들일 것이다.

"그럼 조심하겠지요."

현 시장은 욕심이 많다. 그리고 과하다.

하지만 멍청이는 아니다.

멍청했다면 서울시장까지 올라가지 못한다.

"다안이라는 곳이 군침이 나는 먹잇감이기는 하지만, 그렇다고 해서 자신이 건드리기에는 너무 큰 먹잇감이라는 걸 알았을 겁니다."

사실 조말숙이 정치와 선을 끊고 조용히 살아서 그렇지, 원한다면 정치인 한두 명쯤 보내 버리는 것은 일도 아니다.

애초에 조말숙이 노형진이 아닌 다른 정치인에게 부탁했다면 시장은 장난은커녕 쳐다보지도 못할 가능성이 높다.

"하지만 그건 결국 나중에 짐이 되니까."

그래서 조말숙은 노형진에게 의뢰한 것이다.

"자, 이제 내부 정리만 하면 될 것 같군요, 후후후."

“뭐라고요?”

성준기는 자신의 귀를 의심했다. 갑자기 시장의 측근으로부터 이번 일에서 손떼겠다는 연락이 왔던 것이다.

“아니, 어떻게 그럴 수 있습니까? 이 좋은 기회를 날려 버릴 생각입니까?”

“그것도 어느 정도지, 아가리를 찢어 가면서 집어삼킬 수는 없지 않은가? 소화도 못 시킬 걸 집어삼키면 탈 나네.”

“무슨 말씀이십니까?”

“그것도 모르는 자네하고 더 이상 이야기하긴 그렇군. 거기에 일하면서 그곳이 어떤 존재인지 모르다니. 이만 끊겠네.”

“실장님! 실장님!”

하지만 그 너머에서 들리는 소리는 ‘뚜’ 하고 전화가 끊어진 소리뿐이었다.

성준기는 그 소리를 듣자마자 들고 있던 전화기를 던져 버렸다.

“이게 어떻게 된 거야?”

갑자기 모든 것이 틀어져 버리기 시작했다.

자신들과 손잡았던 정치인들이 마치 불에 덴 것처럼 화들짝 놀라서 손 떼고 있었던 것이다.

“도대체 왜…….”

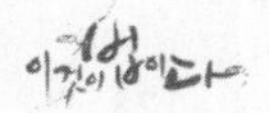

그는 이를 박박 갈다가 부하를 불렀다.
"김 기사!"
"네?"
"도대체 어떻게 생각하나?"
"글쎄요……."
김 기사는 얼굴을 찌푸리고 곰곰이 생각에 빠졌다.
"그쪽에서는 한 말이 없습니까?"
"소화도 못 시킬 물건에 욕심은 안 부리겠다는데?"
"소화요?"
"그래."
"혹시…… 안당 어르신, 아니 조말숙 쪽에서 작업이 들어간 거 아닐까요?"
습관적으로 조말숙의 호인 안당 어르신을 말하던 김 기사는 얼른 호칭을 바꿨다.
"작업?"
"네."
"하지만 우리가 어떻게 움직이는지 모를 텐데?"
성준기는 얼굴을 찌푸렸다.
조말숙의 정보력이 뛰어나긴 하지만, 자신들은 그 정보를 통제하는 다안이라는 곳의 중심에 있다.
그래서 그 정보의 통제를 벗어날 수 있다고 믿었다.
"새론은 개별적으로 정보 팀을 운영하지 않습니까?"

"큭."

성준기는 얼굴을 찌푸렸다.

'그 망할 놈들을 잊고 있었다.'

새론의 정보 팀은 노형진이 체계적으로 키운 조직이다.

기존에 어쭙잖은 양아치들이 운영하는 흥신소 같은 곳이 아닌지라 자신들보다 못하긴 해도 어느 정도 정보를 얻을 수는 있다.

더군다나 자신들이 아무리 조심한다고 해도 허가되지 않는 이상한 상황에서 그들의 감시가 들어오는 것은 당연한 일.

"차라리 작전을 바꾸심이……."

"뭐라고?"

"이대로는 방법이 없습니다. 우리가 가진 마지막 카드가 외부 세력을 가지고 오는 거였습니다. 이 바닥에서 조말숙의 손아귀를 벗어나는 건 쉽지 않습니다."

"크흠……."

그는 김 기사의 말에 잠시 침묵을 지켰다.

하지만 그 생각은 오래가지 않았다.

'이건 미친 짓이야.'

아예 시작도 하지 않았으면 모를까, 이미 시작한 일이다.

그런데 시작한 상황에서 실패했다.

더군다나 그게 새론과 안당이 알아 버렸다.

'그렇다면…….'

그쪽에서는 주범을 찾기 위해 들쑤시고 다닐 테니 자신이 드러나는 것은 말 그대로 순식간일 것이다.

'그렇게 둘 수는 없어.'

그렇게 되면 자신은 분명 내쳐진다.

아니, 내쳐지는 정도가 아니라 처절하게 보복당할 것이다.

'이 모든 게 내 것인데…….'

처음에는 포기하고 충성만 바쳤다. 그런데 후계자 싸움이 시작되고 나서 그의 욕심이 걷잡을 수 없이 커졌다.

'이 건물, 이 정원, 이곳에 오는 정치권의 손님들…… 그 모든 게 내 것이 되어야 했는데…….'

그랬다면 화류계를 벗어나 정치권에 들어가서 금배지도 달고 당당하게 살아갈 수 있었을 것이다.

화류계는 돈은 많을지언정 존경은 받을 수 없는 자리.

성준기는 이곳을 벗어나서 존경받는 자리에 가고 싶었다.

그러기 위해서는 이곳의 돈과 파워가 필요했다.

'이렇게 된 이상…….'

성준기는 무섭게 눈빛을 빛내고 있었고, 그 앞에서 김 기사는 조용히 고개를 숙이고 있었다.

"뭐라고요?"

노형진은 자신을 찾아온 사람의 말에 귀를 의심했다.

"성준기가 뭔가 저지를 것 같습니다."

"저지른다고요?"

"네."

자신을 김 기사라고만 소개한 남자는 노형진을 바라보면서 조용히 말했다.

"이번 불허가 결정 뒤에 누가 있는지 알고 계시겠지요?"

"뭐, 대충 예상하고 있습니다."

노형진은 김 기사를 바라보았다. 그는 자신의 이름을 밝히기는 극구 꺼리고 있었다.

"왜 우리한테 이런 말을 하는 겁니까?"

사실 김 기사라는 사람에 대해서는 진즉에 알고 있었다.

그가 이번 사건의 주범인 성준기의 최측근이라는 것도 말이다.

"그거야……."

김 기사는 씩 미소를 지었다.

그런데 그 미소는 어딘가 약간 어색해 보였다.

"정의를 위해서지요."

"정의?"

"네, 전 바르게 돌아가는 게 중요하다고 생각하는 사람이거든요."

노형진은 어이가 없었다.

'퍽이나.'

노형진이 봤을 때는 그는 버스를 갈아타는 것뿐이다.

사실 성준기가 무슨 짓을 하든 그에게 떨어지는 떡고물은 그다지 않지 않다. 하지만 성준기가 무슨 짓을 저질렀을 때 그가 당할 보복은 상상 이상이 될 가능성이 높다.

"전 정의를 위해 움직입니다. 비록 머리가 부족해서 노 변호사님처럼 변호사가 되지는 못했지만요."

물론 전혀 아니다.

고현대 역시 한국 최고의 대학인 한국대에 못지않은 명문이다. 그런데 머리가 부족하다니.

"제 진심을 알아주시기 바랍니다."

"뭐…… 생각은 해 보겠습니다."

"전 이만."

고개를 숙이고 나가는 김 기사를 보던 노형진은 바로 전화기를 들어서 손예은 변호사를 불렀다.

손 변호사는 바로 노형진의 방으로 건너왔다. 그리고 김 기사가 한 말을 듣고 고개를 갸웃했다.

"무슨 짓을 할까요?"

"글쎄요……. 그건 모를 일입니다."

저들은 어차피 아무것도 받지 못한다.

재단이 만들어지면 그 후에는 절대로 후계자가 되지 못한다. 그저 재단에서 고용되는 사람이 될 뿐이다.

'물론 그대로 가만있었다면 이사가 될 수도 있었겠지만…….'

저들은 섣불리 움직였고, 그 덕분에 이제 이사가 될 가능성은 무척이나 낮아졌다.

"제가 보기에는 일단 안당 어르신에게 말씀드려야 할 것 같은데요."

"뭐, 말씀은 드리겠습니다만 안당 님이 모르실 것 같지는 않아요."

노형진은 이야기를 듣고 툴툴거릴 조말숙을 생각하면서 입맛을 쩝쩝 다셨다.

⚖

"그래서 뭐?"

안당은 여전히 곰방대를 빨면서 노형진과 손예은을 바라보았다.

"무슨 짓을 저지를지 아십니까?"

"이놈들이 저질러 봐야 뻔하지."

그녀는 곰방대를 통에다가 탕탕 두들겨서 재를 빼내고 거기에 다시 담배를 채웠다.

"어르신, 그렇게 많이 피우시면 안 좋습니다."

손예은은 그런 조말숙을 보면서 만류했지만 조말숙은 콧방귀만 뀔 뿐이었다.

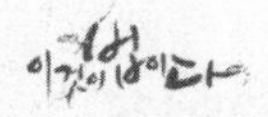

"내 무슨 좋은 꼴을 보겠다고 이 좋은 걸 끊고 오래 사누? 안 그런가?"

"하하, 놔두세요. 담배로 쓰러질 정도로 안당 님은 약한 분이 아닙니다."

"그렇지만……."

"어차피 좋은 꼴 못 볼 거, 내 좋은 거라도 마음대로 하고 살란다."

그렇게 말하면서 다시 곰방대에 불을 붙이는 조말숙.

'하긴, 쓰러질 사람이 아니기도 하지.'

사실 노형진의 회귀 전 기억 속에서 조말숙이 죽으려면 아직도 10년은 더 있어야 한다.

그마저도 급작스러운 교통사고로 인한 것이지, 질병이나 노환으로 인한 게 아니었다.

최후의 순간까지 카랑카랑하게 언성을 높이던 게 그녀였다.

'그러고 보니 이번에 일이 해결되면 미래에 벌어질 일은 해결되는 건가?'

안당은 후계자를 두는 데 고민이 많았다. 지금이야 후계자가 없지만 10년 후까지 키우지 않는 것은 아니니까.

그래서 세 명을 후계로 키웠다. 그런데 갑작스러운 사고로 죽으면서 그들의 전쟁 아닌 전쟁이 시작되었다.

'그러고 보면 난리도 아니었지.'

그들은 외부 세력과 조폭들까지 동원해서 서로를 죽이려

고 덤벼들었고, 그 와중에서 정치인들조차 재산을 노리고 달려들었다. 국가에 환수되는 과정에서 빼돌리기 위해서였다.

'그래서 다안은 사라졌고.'

그리고 세력은 결국 갈가리 찢어졌다.

"뭘 그렇게 생각하누?"

"아닙니다. 그냥 뭐가 생각나서요. 그런데 뻔하다니요?"

"이 바닥에 들어온 녀석들이 왜 멍청한데? 배운 게 없어서 멍청한 거다. 그런 녀석들이 뭐 변호사를 사겠나, 아니면 나한테 사기를 치겠나?"

"하긴……."

변호사를 산다 한들 법적으로 아무런 권리도 없는 게 사실인 데다 조말숙이 사기를 당할 만큼 어리숙한 사람도 아니다.

"그럼 뻔하지. 사람이나 풀겠지."

움찔하는 손예은.

하지만 조말숙은 담담하게 곰방대를 빨 뿐이었다.

"그런 게 어디 한두 번도 아니고."

'하긴…….'

이 자리에 올라오기까지 좋은 일만 있지는 않을 것이다.

더군다나 그녀는 여자다. 여자라는 이유로 더욱 만만하게 보고 덤빈 사람들도 있었을 터.

"그런 거 무서워하면 이쪽 바닥에서 일하지 못하지."

조말숙은 무심결에 뻐끔거리면서 말했다.

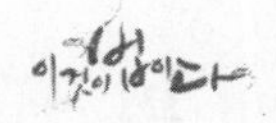

"그럼 어쩌실 생각입니까?"

"칼이 날아오길 기다리는 성격은 아니라서 말이지."

안당은 여성으로서 여기까지 올랐다.

물론 선대가 물려준 힘도 적지 않았지만 여전히 이 세계에서 여자라는 것은 무척이나 불리한 조건이다.

더군다나 안당은 자신의 과거를 잊지 않고 여자 종업원들을 꼼꼼하게 챙겨서 남자들이 싫어했다.

당연히 온갖 일이 벌어졌을 것이다.

"이번 일에는 손 떼라. 더 이상 네가 나설 일은 아니다."

조말숙의 단호한 말.

이쪽은 어둠의 세계의 일이라는 뜻이리라.

"그만두십시오."

"뭐?"

그런데 노형진은 물러나지 않았다.

아니, 물러날 수가 없었다.

"현재 정치권의 시선이 모두 이쪽으로 쏠려 있습니다. 아시잖습니까? 이 내부에서 전쟁이 벌어지면 그쪽에 핑계만 줄 뿐입니다."

"언제는 안 그랬나?"

"그때와는 다릅니다. 그때는 그쪽에 욕심을 부리기 전이죠."

하지만 조말숙이 재단을 만들기로 해서 본격적으로 후계자 전쟁이 벌어진 이상, 그쪽에서도 관심을 가지고 볼 것이다.

"뭐 하나 걸리면 어르신도 편치는 않을 겁니다."

"협박이냐?"

"사실이죠."

조말숙은 노형진을 무섭게 노려보았다.

자신에게 편치 않을 거라고 한 사람들 중에서 편하게 간 사람은 없었다.

그러나 노형진 역시 물러나지 않고 그녀를 바라보았다.

"그래서 네놈은 뭘 하고 싶은 것이냐?"

결국 뒤로 물러난 것은 조말숙이었다.

그녀가 생각해도 노형진의 말이 맞다.

이제는 시대가 바뀌었다.

과거처럼 싸울 수 없는 시점이다.

'쯧쯧.'

이게 문제다.

자신의 아래에서 높은 자리에 있는 사람들은 과거의 인간들.

그들은 현 시대와는 어울리지 않는다.

그녀가 전면에 안 나서는 이유는 간단하다.

현 시대에는 자신이 맞지 않기 때문이다.

그런데 그들은 아직도 그것도 모른 채로 쓸데없는 욕심을 부린다.

"이번을 기회 삼아서 정리할까 합니다."

"정리?"

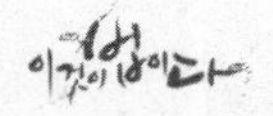

"네."
"어떻게?"
"그거야 어르신이 도와주시면 안 되겠습니까?"
"흥."
조말숙은 그렇게 말하면서도 곰방대를 옆으로 내려놓았다.
"그래, 어디 네놈의 그 작전이라는 것을 들어 보자."
그렇게 그녀는 새로운 방식으로 접근하기 시작했다.

⚖

"조말숙이 병원을 다닌다고?"
"네."
김 기사의 말에 성준기의 눈빛이 빛나기 시작했다.
"그쪽 이야기로는 입원한다고 합니다."
"그 노친네도 죽을 때가 된 건가?"
"아닙니다. 검사 차원이라고 하더군요."
"검사 차원?"
"네."
"하긴, 그 노친네가 요 며칠 기침이 멈추지를 않았지."
자주 보는 편은 아니다.
하루에 딱 한 번, 회의 때만 보지만 그때마다 그녀는 기침을 멈추지 않았다.

자기 말로는 감기라면서 주변에 역정을 내기는 했지만 무려 일주일 가까이 기침이 계속되었다.

"자기 몸 귀한 건 아는가 보군."

성준기는 미소를 지으면서 말했다.

조말숙은 손대기 무척이나 힘든 대상이다.

하지만 병원이라면 이야기가 달라진다.

병원은 이곳처럼 보안이 확실하지도 않고, 그렇다고 사람이 많이 배치될 수도 없다.

"어떻게 꽃이라도 보낼까요?"

"그럴 필요 없다. 다음번에 보낼 일이 있을 거야."

"다음번이라니요?"

"그런 게 있다. 오늘은 물러가도록."

"네."

김 기사가 물러나고 나자 그의 얼굴에는 미소가 떠올랐다.

"흐흐흐, 조화를 보내 드리지."

그는 바로 전화기를 들어서 어디론가 전화하기 시작했다.

⚖

그날 저녁, 몇몇 사람들이 조용한 방 안에 모여들었다.

"들었습니까?"

"검사차 입원했다고 하더군요."

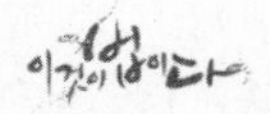

그들은 성준기와 동일한 상황에 처한 사람이었다.
조말숙이 재단을 만들면 팽 당할 처지에 있는 사람들.
후계자가 아니라 고용인이 될 수밖에 없는 사람들.
그들이 합심해서 반기를 든 것이다.
"함정일까요?"
"아닙니다. 며칠째 제대로 밥도 먹지 못하고 기침도 늘었다고 하더군요."
"흠."
그녀가 아픈 건 모두가 알고 있는 사실이었다.
그래서 그녀는 최소한 1년에 한 번은 종합검진을 받는다.
그녀가 담배를 그렇게 피워 대는 골초이면서도 건강한 데에는 다 이유가 있는 것이다.
"기회일 수도 있습니다. 그곳에서는 치안이 부족하니까요."
"하지만 경호원이 있을 텐데요?"
"경호원은 빼돌릴 수 있습니다."
그들을 통제하는 것이 자신들이다.
그러니 잠깐 빼돌리는 건 어려운 일이 아니다.
"의료사고로 노인이 죽는 건 흔한 일 아닙니까?"
"하지만……."
그중 한 명이 걱정스러운 얼굴이 되었다.
"그런다고 우리가 뭐가 바뀌지요? 결국 국고로 환수되지 않습니까?"

그러자 성준기는 조심스럽게 입을 열었다.

"시청 측과 이야기가 되어 있습니다."

"시청 측과?"

"네, 환수 작업에서 우리 업체를 끼워 준다고요."

눈이 반짝이는 사람들.

이들이 말하는 업체는 자신들이 뭉쳐서 만든 기업이다.

그곳은 비밀리에 얼마 전에 만든 곳이다.

"그곳을 통하면 적잖이 돌려받을 수 있을 겁니다."

서로의 이익이 맞았다고 할까?

가만있어 봐야 팽 당할 게 뻔한데, 마침 정치인들이 이 재산을 탐낸다.

그러니 조말숙이 죽어 재산이 국고로 환수될 때 적당히 빼돌리면 적지 않게 남길 수 있다.

'최소한 절반은 남길 수 있다.'

그렇다면 아무리 자신들이 나눠 가진다고 해도 여기에서 일하면서 받는 것에 비할 바가 아니다.

"어차피 이 일은 오래 못 합니다. 재단이라는 곳이 생기면 여기처럼 막 하지 못합니다. 감사가 있지 않습니까?"

"그렇지요."

지금은 받는 임금 말고도 적당히 알음알음 받는 게 있다.

하지만 재단이 만들어지면 분명 새론에서 감사할 것이다.

그렇게 되면 이런 짓도 불가능해지고, 서로 이권을 나누지도 못한다.

어찌 보면 지금보다 훨씬 조말숙에게 권력이 쏠리는 것이다.

"하지만…… 적당한 사람이 있을까요?"

"적당한 녀석이 있습니다."

성준기는 고개를 끄덕거리면서 말했다.

"춥군."

킬러는 옷깃을 여기면서 병원으로 향했다.

한겨울 밤. 거기에다 눈까지 온 날씨다 보니 사람은 없었다. 체감 온도는 영하 25도.

'하늘이 돕는군.'

이런 날씨의 이런 밤에 병원에 오는 사람은 드물다. 더군다나 특실로 올라가는 곳은 더욱더.

철컥.

킬러는 카메라를 피할 생각으로 지하 주차장을 통해 비상용 계단을 올라가기 시작했다.

'최상층은 30층.'

지하에서 올라가기에는 적잖은 높이다.

하지만 그는 묵묵히 그곳을 올라가 시작했다.

'이번 한 번이다.'

이번 한 번만 하면 그는 손을 씻을 생각이었다.

더 이상 이 짓거리를 할 생각도 능력도 안 되는 상황.

그의 나이는 무려 쉰이 다 되어 간다.

이 바닥에서는 은퇴를 준비해야 하는 시점인 것이다.

"헉헉헉."

과거에는 숨 하나 고르지 않고 올라왔을 테지만 이제는 떨어진 체력이 예전 같지 않다는 것을 느끼게 해 주고 있었다.

"하악."

그는 목표 층에 도착하자 짧게 호흡을 가다듬고 문으로 다가갔다.

"역시."

VIP만 들어가는 층답게 문에는 보안 카드 리더기가 달려 있었다.

바깥에서 없는 구조인 것이다.

하지만 그는 예상이나 한 듯 복제 카드를 꺼내 리더기에 긁었다.

철컥.

그와 동시에 열리는 문.

그는 조용히 안으로 들어갔다.

그 너머에는 컴컴한 복도만이 펼쳐져 있었다.

'역시.'

성준기는 분명 경호원을 치워 준다고 했다.

그 말대로 항시 있어야 하는 경호원은 어디로 간 건지 사라지고 없었다.

'이번 일은 쉽군.'

그는 조용히 특실 문을 열었다.

기름칠을 충분히 해 둔 고급스러운 문은 아무런 소음도 없이 조용히 열렸고, 거기에는 한 사람이 누워서 잠들어 있었다.

킬러는 조용히 누워 있는 사람에게 다가가서 얼굴을 확인했다.

혹시 모르니 확실하게 처리하기 위해서였다.

'맞군.'

거기에는 조말숙이 정신없이 잠들어 있었다.

'이제 끝이다.'

그는 조용히 주머니에서 주사기를 꺼내 들었다.

그리고 누워 있는 사람과 연결된 링거에 주삿바늘을 찔러 넣었다.

그러나 주사기 안은 텅 비어 있었다.

'흐흐흐.'

섣불리 약물을 쓰면 살인인 게 드러난다.

하지만 방법이 없는 건 아니었다.

인간에게 공기가 필수이기는 하지만 웃기게도 공기가 혈액 안으로 들어가면 사람은 죽는다.

그러니 이렇게 주사기로 공기를 넣으면 공식적으로 그는 링거에서 발생한 공기 때문에 사고사한 것으로 처리될 것이다.

그 모든 것이 다 준비된 상황.

"잘 가라."

그가 주사기를 꾸욱 누르자 공기는 아무런 저항감도 없이 쑤욱 들어갔다.

누워 있는 사람은 그걸 느낀 건지 움찔했다.

"그래도 확실하게 하는 게 좋겠지."

그는 다시 한 번 공기 방울을 밀어 넣으면서 확인 사살을 했다.

그리고 조용히 나오기 위해 몸을 돌렸다.

"어?"

그다음 순간 그는 움찔했다.

특실에 붙어 있는 화장실. 그 안에서 불빛이 흘러나오고 있었기 때문이다.

'뭔가 잘못되었다.'

그는 대번에 일이 틀어졌다는 걸 알았다.

거기에는 작은 창문이 달려 있어서 빛이 나는 게 보이게 되어 있다.

그런데 들어올 때는 그 빛이 없었다.

그렇다는 건 단 하나, 누군가 그 안에 있다는 것.

"눈치는 빠르시네요."

문이 열리면서 나오는 사람들.

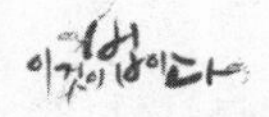

한 명도 아니고 건장한 다섯 명의 사내들이 나오자 킬러는 아랫입술을 깨물 수밖에 없었다.

"함정이었나."

"이제 알았냐?"

등 뒤에서 들리는 목소리.

고개를 돌려 보니 방금 전까지 누워 있던 조말숙이 일어나서 곰방대를 물고 있었다.

"병원에서는 금연입니다, 어르신."

"빈 거잖아."

툴툴거리는 그녀의 모습은 누가 봐도 정상이었다.

"어떻게?"

"이거 말이야? 애초에 팔에 들어가지도 않았어."

바늘이 연결된 부위를 뜯어내는 조말숙.

그러자 그 내부가 드러났는데, 바늘은 피부 위에 부착되어 있을 뿐이었다.

"크윽."

킬러는 자신이 속았다는 사실에 이를 악물었다.

"멍청한 놈들."

그런 킬러를 보면서 조말숙은 혀를 끌끌 찼다.

누가 봐도 함정인 게 뻔한데 욕심에 눈이 멀어서 못 알아본 것이다.

"항복하시죠?"

노형진은 눈치를 살피는 킬러를 보면서 조용하게 말했다.
어차피 벗어나는 것은 글렀다.
그는 모르겠지만 그가 들어온 순간부터 이 층은 입구를 비롯한 모든 길이 전부 틀어막혀 있었다.
"싫다면?"
"그러면 좋은 꼴은 못 볼 텐데?"
"흥."
어차피 목숨을 걸고 하는 짓이다.
역습당해서 죽는 것쯤은 두렵지 않았다.
물론 노형진도 그걸 알고 있었다.
'그렇게 내가 쉽게 보내 줄 거라 생각하나?'
이런 상황에서 그가 입을 열지 않으면 조말숙이 할 수 있는 거라고는 그를 죽이는 정도뿐이다.
하지만 그렇게 해서 해결되는 것은 아무것도 없다.
"항복하기 싫으시면 가세요."
"뭐?"
"가시라고요. 여러분, 저분 가신답니다. 비켜 드리세요."
군말 없이 비켜나는 사람들.
킬러는 의심쩍은 눈빛으로 노형진을 바라보았다.
세상천지에 킬러는 살려 보내는 멍청이가 있다고는 생각하기 힘들었기 때문이다.
"하지만 나가면 당신에게 보복이 들어갈 겁니다."

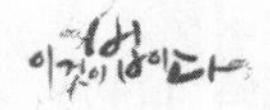

"내가 누군 줄 알고?"

노형진은 그 킬러에게 비웃음을 날렸다.

"당신이 노린 사람이 누구인지 모르지는 않을 텐데요?"

그러자 킬러는 움찔했다.

노형진은 그를 보면서 차근차근 말했다.

"당신이 나가면 우리는 당신이 누군지 알아볼 겁니다. 그 후에 당신의 가족을 찾을 겁니다."

"뭐라고!"

남자의 눈 끝이 파르르 떨렸다.

"크윽……."

다른 사람이 말한다면 개소리라고 하겠지만, 상대방은 안당이다.

이 바닥에서 원하면 그 정도 정보는 찾을 수 있는 사람.

"그리고 가족들에게 당신이 킬러이며 살인마라는 사실을 알릴 겁니다."

남자는 얼굴이 사색이 되었다.

가족들은 그걸 모른다.

세상천지에 그걸 알면서도 함께 살 가족은 없다.

그들은 자신이 택시 운전을 하고 있다고 생각하고 있다.

"그 후에 당신이 죽였던 모든 사람들의 지인들에게 당신과 당신 가족들의 신상을 공개할 겁니다."

"너 이 자식!"

죽는 건 두렵지 않다.

하지만 그게 공개되는 순간 가족들은 보복의 대상이 된다.

자신이 아무리 뛰어난 능력자라고 해도 모든 가족을 다 지킬 수는 없다.

그렇게 되면 가족들은 한 명씩 보복으로 죽어 갈 것이다.

"당신이 지켜 줄 수 있을 거라는 기대는 하지 마세요."

노형진은 손가락으로 위를 가리켰다.

거기에는 절묘하게 감춰진 렌즈가 움직이고 있었다.

"적외선카메라입니다. 당신이 나가면 우리는 이걸 경찰에 가지고 갈 겁니다. 그러면 경찰은 당신을 추적하겠지요."

경찰의 추적을 받으면서 가족들을 지킬 수는 없다.

그건 영화에나 나오는 일이다.

즉, 자신은 그저 가족들이 천천히 죽어 가는 것을 볼 수밖에 없다.

"어쩌면 당신을 끌어내기 위해 가족을 납치해서 고문할 수도 있겠지요. 과연 가족은 얼마나 버틸까요? 사흘? 나흘? 그러고 보니 따님이 중학교 2학년쯤 되어 보이던데. 요즘 애들은 발육이 참 좋습니다. 안 그런가요?"

"이 개자식!"

달려들려고 하는 킬러.

그러나 그는 그럴 수가 없었다.

주변에 있던 사람들의 손에서 순식간에 3단 봉이 쫙 펼쳐

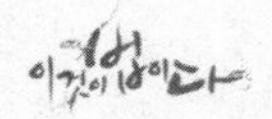

졌던 것이다.

"이 모든 것이 당신이 이 문을 나가면 벌어질 일입니다. 나가시죠."

노형진은 막고 있는 길을 비켜 줬다.

하지만 그는 움직일 수가 없었다.

저 문을 나서는 순간 벌어질 지옥 같은 일이 그를 움직일 수 없게 만들었던 것이다.

"크흑……."

"이 일을 해결할 수 있는 분은 한 분뿐이지요."

노형진은 조말숙을 바라보자, 그녀는 곰방대로 문 채로 킬러를 바라보았다.

"어쩔래? 보아하니 너도 슬슬 은퇴할 나이인 것 같은데? 다 털리고 살아 볼 생각 있는가?"

킬러는 멍하니 그녀를 바라보다가 털썩 주저앉았다.

"살려 주십시오. 시키시면 뭐든 하겠습니다."

자신이 저항할 방법이 없다.

이제 와서 그녀를 죽이는 것도 의미가 없고, 그렇다고 저항할 수도 없다.

"이런 이런, 나는 네놈이 필요 없는데 어쩌누."

"뭐든 다 하겠습니다. 목숨만 살려 주십시오. 아니, 전 죽여도 좋습니다. 제발 가족만…… 가족만은 해치지 마십시오."

그걸 본 노형진은 비웃음이 나왔다.

돈 때문에 사람을 아무렇지도 않게 죽이던 그가 한 말이라기에는 어이가 없었기 때문이다.

그런 그를 물끄러미 바라보던 조말숙은 고개를 들어서 노형진을 바라보았다.

"어쩔 거야?"

"네?"

"네놈이 짠 작전이니 네놈이 책임져야지."

"그래야지요."

노형진은 주저앉아 있는 그에게 다가갔다. 그리고 그의 귀에 대고 작게 속삭였다.

"몇 가지 부탁만 들어주시면 가족의 안전을 보장하지요."

킬러는 고개를 들어서 노형진을 멍하니 바라볼 뿐이었다.

"이거 놔!"

"이거 놔라!"

얼마 후, 다안에는 피바람이 불기 시작했다.

킬러가 갑자기 마음을 돌변해 양심선언을 하는 바람에 주요 인물들이 모조리 잡혀간 것이다.

"놔! 내가 누군 줄 알고!"

"내가 전화 한 통이면 넌 끝이야! 알아!"

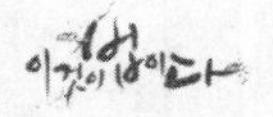

발악하면서 끌려가는 중진을 보면서 조말숙은 곰방대를 입에 문 채로 혀를 끌끌 찰 뿐이었다.

"이 정도면 되지 않겠습니까?"

노형진은 담배를 채우는 조말숙을 보면서 말했다.

"뭐, 부실하기는 하지만 더 이상 날 귀찮게는 하지 못하겠네."

킬러는 모든 사실은 가지고 경찰에 자수한 덕분에 저들이 살인 교사 혐의로 잡혀간 것이다.

물론 진짜 살인까지 이루어지지는 않았으니 그다지 형량이 높지는 않겠지만, 이 바닥에서 더 이상 있지는 못할 것이다.

'그 정도면 다행이게?'

노형진은 조말숙을 안다.

그녀는 평소에는 조용하지만 자신을 건드린 녀석에게는 가차 없다.

여자라서 만만하게 보이지 않아야 한다는 점 때문에 그녀는 그 부분에 대해서는 칼 같았다.

저들은 형량은 얼마 받지 않겠지만, 감옥에서 나온 뒤의 인생 자체가 말 그대로 지옥이 될 것이다.

그들의 가족이 용서받는 방법은 단 하나, 본인이 자살하는 것뿐.

'뭐, 그건 내가 관여할 부분이 아니지.'

저들은 그걸 감안하고 일을 저질렀다. 그러니 그건 자신이 말릴 부분이 아니다.

“이제 기생인지 뭔지 하는 재단 만드는 건 어렵지 않은 건가?”

“네, 한 가지만 빼면 말입니다.”

“이사 말이지?”

“네.”

조말숙은 이사장이다. 이사장은 돈을 내는 사람이다.

그러니 운영을 할 사람으로 따로 이사를 뽑아야 한다.

그런데 이사를 할 만한 녀석들이 모조리 잡혀가 버렸으니 일이 곤란해졌다.

“뭐, 적당한 녀석이 있지. 욕심이 있기는 하지만 과하지도 않고 머리도 좋고.”

“누굽니까, 그게?”

“김 실장더러 들어오라고 해.”

조말숙의 말에 문을 열고 들어오는 한 남자.

그는 조말숙과 노형진을 보더니 고개를 푹 숙였다.

“인사해. 김 실장이라고 해. 뭐, 구면일 것 같구먼.”

김 실장을 본 노형진의 얼굴에 씁쓸한 미소가 떠올랐다.

그는 얼마 전까지만 해도 ‘김 기사’라 불렸으며 자신을 찾아왔을 때 이름도 밝히지 않았기 때문이다.

“다시 봬서 반갑습니다, 노 변호사님. 하하하.”

웃는 그를 보면서 노형진은 왠지 등골이 오싹해졌다.

‘계획적인 건가?’

졸지에 기사에서 실장이 된 것.

그건 그 위에 있던 모든 사람들이 모조리 끌려가면서 벌어진 것이다.

그리고 이런 일이 벌어진다는 것을 알려 준 것도, 최측근으로서 성준기를 자극한 것도 그였다.

"괜찮겠습니까?"

"이 바닥이 원래 그래. 이 바닥은 너무 깨끗한 녀석은 못 들어와. 적당히 욕심 있고 적당히 능력 있는 놈이 더 쓰기 편해."

손을 휘휘 저으면서 말하는 조말숙.

그녀 역시 그 김 실장이라는 사람에 대해 모르지는 않을 것이다.

도리어 반대로 어떤 인간인지 알기 때문에 이사로 선임한 것일 것이다.

"알겠습니다."

노형진은 고개를 끄덕거렸다.

그녀가 선택했다면 그만큼 쓸 만하다는 뜻이니까.

그런데 그다음 말은 노형진에게 상당히 놀라운 것이었다.

"그나저나 우리 감사로 들어올 변호사 있지?"

"네, 이제 담당을 뽑아야죠."

"저 옆에 있는 아가씨로 해 줘."

"네에?"

노형진의 옆에 있던 손예은은 깜짝 놀랐다.

다안의 감사 정도라면 엄청난 권력과 힘이 부여되는 자리다. 그런데 자신에게 그걸 맡으라니?

"네? 하지만 손예은 변호사는 아직 경험이 부족합니다."

더군다나 그녀의 전공은 그쪽도 아니다. 그런데 감사라니?

"그래도 해 줘. 모르면 배우면 되지. 변호사까지 하는 머리 좋은 아가씨가 그거 하나 못 배울까?"

"하지만 전……."

손예은조차도 그녀답지 않게 당황할 정도로 파격적인 조건이었다.

"왜 손 변호사입니까?"

"저 아가씨가 이번 일을 하는 내내 좀 불편해 보여서 말이지."

"네에?"

이번 일을 하는데 불편해했다는 건 이쪽을 좋아하지 않는다는 뜻이다. 그런데, 그래서 일을 맡긴다니?

"그래야 나중에 문제가 없거든."

"문제가 없다고요?"

"그래, 여자라서 미인계도 통할 리 없고 또 이쪽 바닥을 별로 안 좋아하니 그다지 붙어 먹을 일도 없잖아."

"허."

노형진은 혀를 내둘렀다.

틀린 말은 아니다.

만일 남자가 감사하게 되면 김 실장이나 다른 사람들이 여자를 들이밀 수도 있다.

아니, 무조건 들이민다고 봐도 무방하다.
어지간한 사람이라면 넘어갈 수밖에 없을 것이다.
'하지만 손예은 변호사라면…….'
그녀는 이쪽을 그다지 좋아하지 않는다. 그러니 이쪽과 타협하고 싶은 생각도 없을 것이다.
'원래 감사라는 게 감시 역이다. 감시 역이 친해져 봐야 좋을 건 하나도 없지.'
노형진은 고개를 끄덕거렸다.
"하지만 본인의 의견이 가장 중요하지요."
손예은은 잠시 고민했다. 그리고 고개를 끄덕거렸다.
"이곳에 대한 감사가 제 역할이라면 거절하지는 않겠습니다."
"그래야지. 그 아가씨 참 마음에 드네."
조말숙은 곰방대에 담배를 채우면서 씨익 웃었다.

범인은 집에 가라고?

"손 변호사는 사실상 전력에서 빠졌다고 봐야 하나?"

"그렇겠지요."

노형진은 비어 있는 손예은 변호사의 자리를 보면서 중얼거렸다.

"지금 아주 개판이니까요."

"끄응……."

지금까지 다안은 주먹구구식으로 운영되었다.

하지만 제대로 재단으로 설립되어 감사하기 시작하자 그동안 해 처먹은 게 드러나기 시작했는데, 얼마나 심각한지 말이 나오지 않을 지경이었다.

"그걸 다 잡아내고 정리하고 고발하고 법적인 과정까지 다

거치려면 1년은 더 걸릴 겁니다."

"미친놈들……. 그 녀석들이 목숨 걸고 재단을 만들지 않으려고 한 이유가 있었네."

송정한은 고개를 절레절레 흔들었다.

그쪽이 이렇게 개판일 거라고는 그도 생각하지 못했던 것이다.

"아마 당분간은 숨도 못 쉬게 바쁜 겁니다."

"그렇겠지."

손예은은 감사만 하는 게 아니다.

그녀는 그곳에서 일하던 여자들에게 진술받아서 부당한 행동을 한 그들을 일일이 고발하기 시작했다.

조말숙의 예상대로 그런 녀석들을 별로 좋아하지도 않고 봐줄 생각도 없으니 악착같이 털어 낼 심산이었던 것이다.

"역시 안당 어르신이라니까."

그가 여자의 몸으로 그 자리에 오를 수 있었던 것은 뛰어난 용병술을 가지고 있어서, 그러니까 적재적소에 사람을 쓸 줄 알아서였다.

"하지만 우리로서는 중요한 사람이 한 명이 빠진 거죠."

"하아, 그건 문제군."

당장 손예은은 다안의 문제 때문에 거기에 매달려서 일을 해야 한다.

아니, 손예은뿐만 아니라 몇몇 변호사들이 당분간 거기에 매달리게 생겼다.

감사라는 것은 생각보다 쉽지 않은 작업인 것이다.

"일단은 다른 사건부터 해결하고 있도록 하지요."

"그렇지. 안 그래도 자네가 오기를 기다리고 있었으니까."

"저를요?"

"그래. 평등재단 쪽에서 의뢰가 들어왔네."

"평등재단요?"

평등재단은 변호하기 힘든 사람들에게 변호사 비용를 지원해 주기 위해 대룡에서 노형진의 조언을 받아 만든 곳이다.

"그런데 신청한 사람이 좀 특이해."

"뭐, 지난번에는 검사에게 부탁까지 받았는데요."

노형진은 어깨를 으쓱했다.

그런데 그런 노형진의 모습에 왠지 어색하게 웃는 송정한.

그는 한숨과 함께 그 신청자가 누군지 말해 줬다.

"신청한 사람이 형사일세."

"형사요? 잠깐, 경찰이란 말입니까?"

"그래."

"아니, 경찰이 왜 우리한테 신청한답니까?"

"사건이 이상한데 수사를 막는다고 하더군."

노형진은 고개를 갸웃했다. 수사를 막는다?

그 순간 노형진이 자신이 해결했던 사건 중 하나가 생각났다.

그 당시 경찰은 정신지체아에게 터무니없는 죄목을 뒤집

어씌워서 감옥에 보냈다.

지금의 느낌은 어쩐지 그때와 비슷했다.

"설마 누명과 관련된 겁니까?"

"자네, 양산 오거리 살인 사건 기억하나?"

"양산?"

노형진은 얼굴을 찌푸렸다.

양산 오거리 살인 사건.

인적이 드문 길에서 택시 운전기사가 살해된 채로 발견되었다. 그런데 경찰은 그 범인으로 그 사건을 신고한 가출 청소년을 잡아넣었다.

"그런 식으로 잡아넣고 경찰은 그 공훈으로 승진하고 훈장도 받았네. 그런데 말이야, 다른 경찰이 사건이 이상하다고 생각한 모양이야."

"그런데요?"

"그래서 그걸 파고들려고 했는데 좌천당했다고 하더군."

"좌천?"

"그래, 원래 강력계였는데 갑자기 좌천된 모양이야."

노형진은 머릿속에서 비슷한 사건을 찾기 위해 최대한 노력했다.

그리고 얼마 지나지 않아 그와 비슷한 사건을 떠올렸다.

"혹시 그거, 가출 청소년한테 뒤집어씌운 사건 아닙니까?"

"뒤집어씌워?"

"아니, 뒤집어씌운 게 아니라 가출 청소년이 잡혀간 사건 맞죠?"

"맞네."

'맞네.'

노형진은 그 사건을 기억하고 있었다.

그 사건은 노형진이 해결했던 다른 사건, 그러니까 살인범이 자수한 민사소송 사건과 닮아 있었다.

경찰이 오로지 공적만을 위해 범인을 만들어 낸 사건.

'이게 해결된 게 2019년이었지, 아마?'

형량이 끝나고 피해자가 풀려난 후에 재심을 통해 진실이 밝혀진 사건이었다.

'그러고 보니…….'

그 당시 누군가 수사해서 진짜 범인을 잡았다는 소식을 들은 적이 있었다.

그런데 범인을 풀어 줬다는 말도 들었다.

'자세한 건 기억이 안 나는데…….'

그 사건에서 기억하는 것은 그 당시 본청에서까지 이 사건을 덮으려고 했다는 증거가 나왔다는 정도였다.

'흠…….'

"왜 그러나?"

"아닙니다. 그 사람을 만나 보고 싶군요."

"그런데 가능하겠나?"

"글쎄요……."

노형진은 영 찝찝한 게 하나 있었다.

바로 본청에서 나서서 수사를 했던 수사관을 강력계에서 파출소로 좌천시켰다는 그 기억이었다.

'본청이라…….'

본청이라는 건 절대로 단순히 지역 단위 경찰이 아니다.

본청이란 말 그대로 본진, 즉 경찰청을 뜻한다.

'도대체 왜?'

본청이 지방에 사건을 감시하는 건 흔한 일이 아니다.

설사 한다고 해도 그걸 통제하려고 하는 것도 흔한 일이 아니다.

'그 당시에 분명히 본청에서 군산으로 간부가 왔단 말이지.'

그리고 가장 먼저 한 것이 바로 그 경찰의 좌천이었다.

'이건 말이 안 되는데?'

상식적으로 본청의 간부가 군산같이 지방에 서장으로 떨어지는 일은 드물며, 하물며 그 사람이 오자마자 특정 사건을 덮기 위해 움직이는 것은 더더욱 드물다.

'도대체 무슨 일이 벌어지고 있는 거지?'

일반 승진도 아니고 간부가 직접 서장으로 내려와서 사건을 덮고 다시 올라갈 정도면 그 뒤가 어마어마하게 구리다는 거다.

지난번처럼 어쭙잖은 경찰들이 단순히 자기들의 실적을

위해 범인을 만든 건 아니라는 뜻.

"해 볼 건가?"

송정한은 무심하게 물어봤다.

하긴, 그는 이번 사건을 덮기 위해 경찰청이 직접 움직였다는 것을 모른다.

'이건 모른 척 넘어가자.'

괜히 말하면 문제가 생길까 걱정된 노형진은 그 부분은 넘어가기로 했다.

"해야지요. 하지만 이번에는 김성식 변호사님의 손을 좀 빌리고 싶은데요?"

"김 변호사를?"

"네, 아무래도 그의 힘이 필요할 것 같으니까요."

노형진은 직감적으로 그걸 느끼고 있었다.

⚖

"반갑습니다. 노형진입니다."

"김성식입니다."

"황극환입니다."

피곤한 얼굴의 남자는 얼굴을 문지르면서 말을 꺼냈다.

"제 부탁을 들어주셔서 감사합니다. 제겐 방법이 없어서……."

"파출소로 좌천되었다고 들었습니다."

"네, 파출소로 쫓겨났습니다."

"흠……."

김성식도 그걸 들으면서 이상하다는 얼굴이 되었다.

'그럴 수밖에 없지.'

그는 강력계다.

세상천지에 강력계를 난데없이 파출소에 처박아 두는 법은 없다.

아무리 징계가 강해도 경찰서 내부의 다른 부서로 보내는 정도인데, 파출소라니.

"뭔가 이상하군요. 제 경험상 그런 일은 극히 드문데요."

'역시.'

노형진이 김성식을 부탁한 것은 그가 이런 것에 대해 잘 알고 있기 때문이다.

아니나 다를까, 그는 사건 전반에 대해 다 듣기도 전에 사건이 이상하다는 생각을 하기 시작했다.

"그러니까 이상한 겁니다."

황극환도 한숨을 쉬면서 입을 열었다.

"제가 그 사건이 이상한 것 같아서 수사하기는 했지만 이게 그렇게 죽일 놈을 만들 일은 아니거든요. 물론 제가 하지 말라고 해도 하기는 했습니다. 하지만 제가 경찰 노릇만 20년 넘게 했습니다. 살다 살다 사건을 수사했다고 좌천을 이렇게 무지막지하게 하는 경우는 처음 봤습니다."

"그래서 포기 못 하신다 이건가요?"

"네."

"그렇군요."

노형진은 그를 만나기 전에 애써 기억을 더듬었다.

그리고 몇 가지 기억을 더 떠올릴 수 있었다.

'확실히 황극환은 정년퇴직할 때까지 진실을 밝혀내지 못했어.'

경찰청에서는 결사적으로 그를 내치려고 했다.

단순히 파출소에 좇아낸 정도가 아니라 별의별 핑계를 다 대면서 그를 징계했다.

한때 표창까지 받던 그가 갑자기 수차례의 징계 덕분에 1년 가까이 감봉받기도 하고 2개월간 정직되기도 하는 등 온갖 고초를 다 겪었다.

"그럴수록 오기가 더 생기더군요. 하지만 솔직히…… 말할 곳이 없었습니다."

경찰청 내부에서 감추려고 매달리는 사건인 만큼 한낱 경찰인 그로서는 저항할 수가 없었다.

그래서 사실상 포기한 채로 지금에 이른 것이다.

"하지만 얼마 전에 새론에서 해결한 사건 소식을 들었습니다. 경찰이 조작한 사건을 새론에서 해결했더군요."

"그러면 찾아오시지요?"

"저는 당사자도 아니고……."

말을 흐리는 황극환이었다.

그럴 수밖에 없었다.

그는 당사자도 아니라서 변호사를 선임할 이유가 없다.

더군다나 선임할 만한 돈도 없다.

가뜩이나 박봉에 몇 번이나 감봉 처분을 받았기 때문이다.

"그래서 고민하다가 평등재단을 찾아갔습니다. 혹시 거기에서는 어떻게 방법을 찾을 수 있지 않을까 해서요."

그리고 평등재단에서 그를 새론에 소개해 준 것이다.

"일단 자세한 기록은 말로 설명해 봐야 의미가 없어서 여기 서류로 다 준비했습니다."

그는 제법 두툼한 서류를 노형진과 김성식에게 건넸다.

노형진은 그걸 보다가 고개를 끄덕거렸다.

"감사합니다. 이제 이걸 두고 가시면 됩니다."

"네?"

고개를 갸웃하는 황극환.

"황극환 씨는 여기에 온 적도 없고 이번 사건과 아무런 관련도 없는 겁니다. 아시겠습니까?"

"아니, 그게 무슨 말씀이십니까? 이 사건은 제 원한이 맺힌 사건입니다."

발끈하는 황극환.

하지만 듣고 있던 김성식이 그를 말렸다.

"그래서 물러나시라고 하는 겁니다. 공식적으로 이건 황극환 씨가 가지고 온 사건이 아닙니다. 만일 황극환 씨가 가지고 온 것이라고 하면 어떤 보복이 들어갈지도 모릅니다."

"보복요?"

"네, 극환 씨도 이상하다는 거 느끼셨잖습니까?"

황극환은 고개를 끄덕거렸다.

'도움을 받으면 좋겠지만.'

그러면 확실히 사건을 수사하는 게 편해질 것이다.

어찌 되었건 그는 현직 경찰이니까. 하지만 그건 자기들 편하자고 황극환의 삶을 망가트리는 일이다.

"만일 우리가 황극환 씨로부터 사건을 받았다는 사실이 알려지면 최악의 경우 해직당할 수 있습니다. 그렇게 되면 연금도 압류당할 겁니다."

황극환은 움찔했다.

경찰은 힘들고 박봉에 욕먹는 일이다.

그럼에도 불구하고 버티는 것은 퇴직 후 받는 연금 때문이다.

"그 정도라고요?"

"그 정도로 위험한 싸움이 될 가능성이 높습니다."

"꿀꺽……."

황극환은 침을 삼켰다.

김성식은 잠시 노형진을 바라보다가 다시 황극환에게 시선을 돌렸다.

"그 부분에 대해서는 저 역시 동의합니다."

"김 변호사님도요?"

"저도 검찰에서 오래 있어서 압니다. 경찰이나 검찰이나 팔이 안으로 굽는 현상은 심각하죠. 그런데 내부 고발도 아니고 어떤 사건을 재수사한다고 파출소로 좌천해 버린 경우는 처음 봤습니다."

"그렇다는 건?"

"어찌 되었건 이게 경찰의 역린일 가능성이 높다는 거지요. 그걸 건드리면 어떤 보복이 올지는 아실 거라 생각합니다."

황극환은 침묵을 지켰다.

그도 경찰이다. 그러니 노형진과 김성식이 하는 말이 무슨 말인지 모를 리 없다.

"그래도 전 하겠습니다."

"황 형사님."

"도둑놈 열 놈을 놓쳐도 억울한 피해자 한 명을 만들지 말라고 했습니다. 그런 거 무서워하면 경찰 못 합니다."

그의 확실한 신념.

'좋은 사람이기는 한데…….'

경찰 내부에서는 흔하지 않은 좋은 사람이기는 하다.

그래서 노형진은 그가 안타까웠다.

"그러니 그 부분은 우리한테 맡겨 주십시오. 황극환 씨가 피해를 입으면 다른 사람을 구할 기회도 놓치게 되는 겁니다."

"음……."

"우리는 진짜 선량한 사람들을 보호하기 위해 일하는 겁니다. 황극환 씨도 선량한 수많은 사람들 중 한 명이고요. 그런데 어떻게 황극환 씨에게 피해를 강요하겠습니까?"

"하지만……."

"황극환 씨의 도움 없이도 해결할 방법을 찾겠습니다. 진짜 방법이 없으면 그때 부탁드리겠습니다."

노형진이 간곡하게 말하자 그제야 황극환은 뒤로 물러섰다.

"알겠습니다. 그렇게까지 말씀하신다면야……."

간신히 황극환을 설득해 보내고 난 후 노형진은 제법 많은 수사 기록을 사이에 두고 김성식 변호사를 바라보았다.

"어떻게 생각하십니까?"

"글쎄…… 확실히 이상하군. 내가 아는 경찰의 방식하고 너무 달라."

김성식은 사건 기록을 뒤적거리면서 중얼거렸다.

"사건을 덮으려고 하는 경우는 많이 봤는데 그 당사자를 파출소로 좌천시키는 경우는 처음 봤네. 뭔가 심하게 켕기는 모양이야. 이건 거의 내부 고발자 대우인데?"

하지만 이건 내부 고발도 아니다.

말 그대로 진범을 잡기 위한 행동이다.

"사실은 아셔야 할 게 하나 더 있습니다."

"뭔가?"

"황극환 형사님을 좌천시킨 서장 말입니다. 본청에서 내려온 사람입니다.”

“뭐?”

김성식의 얼굴이 딱딱해졌다.

그건 생각보다 큰일이기 때문이다.

“그 말이 사실인가?”

“네.”

“끄응…….”

본청에서 익산으로 보내진다는 것은 사실상 좌천이다.

그런데 좌천된 사람이 오자마자 한 것이 사건을 덮는 것이다?

그건 말도 안 된다. 그런 일을 할 녀석은 없다. 단 하나만 빼고.

“자네는 서장이 이 사건을 덮기 위해 왔다고 생각하는 건가?”

“좌천 말고 본청 사람이 지방으로 발령받는 경우 보셨습니까? 그것도 특정 목적을 가지고?”

“끄응…….”

김성식은 부정적인 신음 소리를 냈다.

“더군다나 그 당시 사건 기록에도 이상한 게 있습니다.”

“그 당시에도?”

“그 당시 전북 지방 경찰청장이 사건 해결에 공을 세운 해당 경찰서의 사람들에게 표창과 금일봉을 줬습니다. 문제는 정확하게 그 사건을 담당한 사람들이었다는 겁니다.”

“그렇군…….”

김성식은 의심스러운 표정이 되었다.

물론 경찰에게 상을 주는 건 흔한 일이다.

하지만 특정 사람들에게 주는 건 이상한 일이다.

다른 사람도 많고 실적이 더 많은 사람들도 있을 것이다. 그런데 왜 딱 그들에게만 줬을까?

"도대체가……. 알아봐야 할 게 너무 많군."

"네……."

그 사건을 알아보는 것이 지금부터 노형진이 해야 할 일이었다.

⚖

"반갑습니다. 노형진 변호사라고 합니다."

노형진은 박판성을 만나서 인사를 건넸다.

감옥에 들어올 때 그는 아무것도 모르는 열다섯 살의 소년이었다. 하지만 이제는 20대 중반의 청년이 되어 있었다.

"이쪽은 김성식 변호사입니다. 이번 사건을 담당하게 되었습니다."

"감사합니다. 소식은 들었습니다."

눈물을 흘리는 박판성.

그는 8년 전 억울하게 뒤집어쓴 죄로 인해 이렇게 차디찬 감옥에 몇 년째 갇혀 있었다.

"일단 공식적으로는 이번 사건에 황극환 씨는 끼어든 게 아닌 겁니다. 박판성 씨가 개인적으로 의뢰한 것으로 해야 합니다."

"이야기는 들었습니다. 저도 찬성합니다. 저 때문에 몇 년이나 고초를 겪었던 분입니다. 더 이상 폐를 끼치지 않았으면 좋겠습니다."

사전에 박판성에게 황극환이 연락했기 때문에 이야기는 순조로웠다.

특이한 사실이 있는 것도, 뭔가 감춘 것도 아니었다.

그에게 묻는 것은 이미 서류로 제출된 것을 확인하는 절차에 지나지 않았다.

"그래서 신고한 게 다라는 거죠?"

"네, 한 사람이 그곳에서 오토바이를 타고 도망가는 걸 확인했습니다. 그래서 신고했고요."

"처음에는 목격자로 취급하던 경찰이 갑자기 돌변했다?"

"네."

그의 말에 따르면 처음에 신고할 때는 목격자 취급을 했다고 한다.

그리고 현장에 와서 진술을 받을 때까지도 목격자로서 진술했다고 한다.

"그런데 갑자기 돌변했어요."

경찰이 갑자기 그를 끌고는 모텔로 끌고 갔다고 한다.

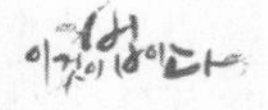

그리고 갑자기 전화번호부 하나를 툭 던지고는 범인을 찾으라고 했단다.

"어이가 없어서 그게 말이 되느냐고 하니까 그때부터 무차별적으로 패기 시작했어요."

결국 그 여관에 갇혀서 두들겨 맞은 지 닷새째 되는 날, 그는 고문을 못 이겨서 그들의 말대로 자신이 범인이라고 진술할 수밖에 없었다는 것이다.

"진짜 죽는 줄 알았거든요."

"흠……."

모든 걸 다 아는 것이다. 모텔이 어딘지, 언제 투숙했는지 등등.

'하지만 검찰에서는 증거가 없다는 식으로 넘어갔지.'

심지어 때리는 소리를 들었다는 모텔 주인의 증언조차도 무시되었다.

"다른 건 없습니까?"

"있어도 이제는 기억이 안 나죠."

고개를 푹 숙이는 박판성이었다.

하긴, 벌써 몇 년 전 사건이다. 그게 기억날 리 없다.

"알겠습니다."

노형진은 고개를 끄덕거리면서 자리에서 일어났다.

"죄송합니다. 제 사건인데 도와 드릴 게……."

"아닙니다. 그냥 인사차 온 겁니다. 필요한 건 모두 서류에 있으니까요."

노형진은 입맛을 다실 수밖에 없었다.

⚖

"아무것도 없습니다."

노형진은 그 말에 고개를 끄덕거렸다.

"아무것도 없다고요?"

"네, 범인이라고 자백했던 박판성은 말 그대로 평범한 아이입니다."

"제가 봐도 그런 것 같더군요."

범인은 범인 나름의 분위기가 있기 마련이다.

사기꾼은 의외로 믿음직해 보이고, 폭력범은 거칠어 보이거나 정신적으로 불안정해 보인다.

그런데 박판성은 그런 기미가 전혀 보이지 않았다.

우울감과 절망감이 보이기는 하지만 그건 수감의 휴유증일 가능성이 높다.

"그래서 그 사건을 조사했는데 용의자가 있었습니다."

"유력한 용의자?"

"네. 이철식이라고 동네에서 알아주는 일진이었답니다. 사고도 많이 쳤고요."

"그런데요?"

"갑자기 모든 목록에서 이름이 사라졌습니다. 서류에도 없더군요. 그나마 그 당시 관련자들에게서 들은 겁니다."

"그게 말이 됩니까?"

그건 말도 안 된다.

단순 용의자였다고 해도 사건을 수사하면 이름 정도는 남기 마련이다. 그런데 이름이 갑자기 사라졌다?

"하지만 진짜 아무것도 없습니다."

"아니, 아무것도 없는데 경찰청에 검찰까지 나서서 사건을 덮어요?"

"그러니까요. 도무지 이해가 안 갑니다."

고문학 역시 이번 사건은 도무지 이해가 가지 않는 사건이었다.

이런 사건은 거의 100% 범인이 무슨 권력자의 자식이거나 밀접한 관계가 있어야 정상이다.

그런데 범인으로 지목된 이철식은 진짜 아무것도 없는 동네 깡패일 뿐이다.

"부모도 멀쩡하고, 권력가 집안은커녕 전 재산도 2억 정도로 뇌물을 쓸 정도도 아닙니다. 그렇다고 어디 정치인들과 친밀한 것도 아니고……."

"이 무슨…… 개 같은……."

김성식조차도 기가 막힌 얼굴이었다.

누가 봐도 이번 사건은 권력형비리일 수밖에 없는 사건이었다.

그런데 전혀 권력형 비리가 아니라고?

“이게 가능해?”

“가능하겠습니까?”

이건 단순히 경찰이 일하기 귀찮아서 아무나 붙잡아서 뒤집어 씌운 게 아니다.

사건을 감추라는 명령이 체계적이면서도 명확하게 위에서 내려왔고, 심지어 본청, 그러니까 경찰청에서조차 따로 사람을 보내서 감추려고 노력할 정도의 비리이다.

‘그런데 아무것도 없는 시골 촌 동네 아이라고?’

이건 여러모로 말이 안 된다.

“그래서 이철식이라는 녀석은 어디에 있습니까?”

“대학에 다닙니다.”

“대학…….”

사람을 죽이고도 태연하게 대학에 다닌다.

그 말에 노형진은 짜증이 확 올라왔다.

‘정상적인 놈은 아니군.’

만일 정상적인 사람이라면 정신적 쇼크로 인해 대학에 가기는커녕 일상생활도 불가능해질 것이다.

그런데 이야기를 들어 보니 말 그대로 행복한 캠퍼스 라이프를 즐기는 모양이었다.

그렇다면 가능성은 두 가지뿐이다.

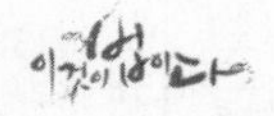

제대로 미친놈이든가, 아니면 진짜로 무죄든가.
하지만 상황을 봐서는 후자일 가능성은 낮다.
만일 후자라면 수사 기록상에 그 이름이 아직도 남아 있어야 한다.
그런데 없다는 것은 누군가 고의적으로 기록상에서 삭제했다는 뜻. 즉, 누군가 그를 보호하고 있다는 것이다.
'이놈의 나라는 진짜……!'
속으로 열불이 터지지만 어쩌겠는가? 그걸 해결하라고 있는 게 변호사다.
"하여간 그 녀석의 주변을 아무리 뒤져 봤지만 경찰청은커녕 서장도 못 움직일 집안입니다. 파출소장이면 모를까."
"흠……."
노형진은 곰곰이 생각하기 시작했다.
하지만 아무리 생각해도 잡히는 게 없었다.
'그때도 이 사건은 철저하게 감춰졌었지.'
그가 회귀하기 전에도 나온 것은 재심에 부쳐졌다는 것과 재심에서 무죄가 나왔다는 정도의 단신이었다.
후속 보도도, 범인에 대한 이야기도 전혀 없었다.
'더군다나 범인이 누군지 아는 사람도 있었는데 말이지.'
이들은 모르지만 범인이 누군지 아는 사람이 있었다.
그는 범인을 도피시켜 줬었다고 자백했다.
지금이야 아직 공개되지 않았지만 회귀 전에 방송에 그렇게 나왔다.

'그런데 그는 죽었고..'

하지만 어쩐 일인지 경찰과 검찰은 그 말을 받아들이지 않았다.

그리고 그 증인은 얼마 후 석연치 않은 이유로 자살했으며, 그 뒤 범인이 방송에 나와 자신이 정신이상이 있다면서 정신병원에 잠깐 들어갔다가 나왔다고 이야기했다.

물론 자신이 사건을 수사한 것도 아니고 방송에서 한 걸 본 것뿐이라 범인으로 추정되는 인간의 실명은 나오지 않아서 누군지 정확하게 기억하지 못하지만.

'뭔가 이상해…….'

이 사건은 처음부터 끝까지 강력한 힘이 영향력을 끼친 사건이다.

문제는 그 힘이 어디서 왔는지 도무지 감을 잡을 수가 없다는 것이다.

"아래쪽 사람을 파고들어 볼까?"

"그래도 나오는 건 없을 것 같습니다."

"흠……."

위에서 압력이 들어온 것이 확실하기는 할 것이다.

안 그러면 사건이 이런 식으로 진행될 리가 없다. 하지만 경찰의 수뇌부가 압력을 행사하면서 그 배경에 대해 설명할 가능성은 낮다.

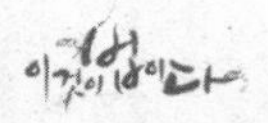

그러니 아랫사람을 건드려 봐야 타초경사의 우를 범할 뿐, 제대로 정보를 얻는 것은 불가능할 것이다.

"젠장…… 이거 어느 쪽을 파고들어야 하는 건지 감을 못 잡겠네."

일단 파고들어야 하기는 하는데 그 힘이 어디서 왔는지 모르니 방향성도 잡지 못할 수밖에 없었다.

"흠……."

물끄러미 책상에 흐트러진 관련 파일들을 살피던 노형진은 문득 생각나는 것이 있었다.

"고 팀장님."

"네?"

"혹시 자살한 박거문에 대해서도 알아보셨습니까?"

"아니요. 알아볼 이유가 없으니까요. 왜 그러시죠?"

"아니, 자살한 이유치고는 좀 터무니없어서요."

"자살한 이유치고는 터무니없다?"

"살인을 도와준 것도 아니고 그에게 잠깐 대피처를 제공한 사람이 그에 대해 죄책감을 느끼고 자살이라는 극단적인 선택을 할까요, 그것도 사건이 벌어진 지 몇 년 뒤에?"

"응?"

김성식 변호사는 고개를 갸웃했다.

"무슨 소리인가?"

"말 그대로입니다. 그가 이철식을 도와줬다는 것에 대한 죄책감으로 인해 자살했다는 게 공식적인 발표입니다. 그런데 이렇게 되면 두 가지 사실이 충돌합니다. 왜냐하면 이게 진실이라면 범인이 이철식이라는 증거가 되기 때문이죠. 반대로 이게 거짓이라면 자살할 이유가 없습니다. 애초에 고작 대피할 공간을 제공했다는 이유로 군대에 다녀온 청년이 몇 년 뒤에 자살한다니, 이게 말이 됩니까?"

"이상하군."

군대에서 사람을 만든다는 말이 있다.

그만큼 군대에서는 정신력이 단련되는 것이다.

그런데 그렇게 군대를 다녀온 청년이 고작 열다섯 살 때 친구를 도와준 것에 대해 죄책감을 느끼고 자살한다?

이건 말도 안 되는 소리다.

"주변에 물어보세요, 수년 전 사건에 대한 죄책감 때문에 자살할 생각이 있는지."

"그렇군요."

그런 이유로 자살할 사람은 없다.

물론 정신적 충격이 큰 사건. 직접 살인 장면을 목격했다거나 살인에 직접 참가한 거라면 이해가 가지만, 단순히 다른 사람의 도피를 도운 것에 대한 죄책감에 죽었다?

더군다나 그가 진범이라는 증거도 없는데?

공식적으로 언론에서는 다른 사람이 진범이라고 하고, 그는 정신병 때문에 허위 진술을 한 것으로 되어 있는데?

"뭔가 말이 안 되는군."

그 말이 맞는다면 자살할 이유가 없지 않은가?

"설마?"

한 가지 가능성을 생각한 김성식은 얼굴이 딱딱해졌다.

"시간도 공교롭지 않습니까?"

딱 그가 자살한 시점은 황극환이 이철식을 바짝 따라잡아서 체포하는 데 성공한 시점이다.

그런데 그 자백을 입증할 수 있는 게 자살한 박거문이다.

만일 박거문이 진술한다면 이철식은 감옥에 갈 수밖에 없다.

하지만 이철식은 진술을 번복했고, 이철식의 진술을 증명할 수 있는 박거문은 석연치 않은 이유로 자살했다.

"처분되었다는 건가?"

"그럴 가능성이 높다고 보입니다."

"그게 무슨 말인지 아나?"

김성식은 얼굴이 딱딱해졌다.

사건을 덮는 것과 증인을 죽이는 것은 천지차이다.

그 정도 힘을 가진 사람은 극히 드물 수밖에 없다.

그건 검찰이나 경찰청 정도가 아닌 더 위까지 가야 한다는 뜻이다.

"충분히 가능한 일이지요."

"큭……."

자신들이 아는 것은 경찰과 검찰이 합심해서 이번 사건을 덮었다는 것뿐이다.

견원지간인 검찰과 경찰이 합심해 사건을 덮는다라…….

“아무래도 이번 사건은 골치 아플 것 같군요.”

노형진은 왠지 모르게 서늘함을 느끼고 있었다.

노형진은 일단 재수사를 위한 판결을 요구하는 소송을 걸었다.

그리고 채 사흘이 지나기도 전에 생각지도 못할 전화를 받았다.

—노형진 변호사입니까?

“그렇습니다만?”

—이번 사건에서 손 떼시죠.

노형진은 얼굴을 살짝 찡그렸다.

“누구신데 그러십니까?”

—자세한 건 알려고 하지 마십시오. 그냥 이번 사건에서 손 떼는 게 좋을 겁니다.

“사건이 많아서 어떤 사건을 말씀하시는지 모르겠습니다만?”

물론 어떤 사건인지 예상은 하고 있었다.

그러나 노형진은 슬쩍 모른 척하면서 물어봤다.

—모르지는 않으실 텐데요?

"모르겠는데요?"

-자꾸 이런 식이면 좋지 않은 일이 터질 겁니다.

"도대체 무슨 일을 하시려고?"

하지만 전화는 이미 끊어져 있었기에 노형진은 그저 끊어진 전화기만 뚫어져라 바라볼 수밖에 없었다.

"흠……."

노형진은 이번 사건에 안 좋은 일이 있을 거라는 느낌이 강하게 들었다.

그래서 바로 송정한을 불렀다.

아무래도 자세한 이야기를 해야 할 듯한 느낌이 들었기 때문이다.

잠시 후 송정한과 김성식은 노형진을 만나러 왔다. 그의 말을 들은 그들은 얼굴이 절로 일그러졌다.

"손을 떼라고?"

"네."

"누군지 알 수는 없고?"

"신분도 안 밝히더군요. 발신 번호 표시가 된 걸 추적해 보기는 하겠지만 아마도 그것도 대포폰 같은 거지 싶습니다."

"자신의 신분도 안 밝히면서 압력을 행사한다라……."

"이거, 사건이 상당히 곤란해지는 거 아냐?"

일반적으로 압력을 행사하는 것은 누군지 밝혀서 겁주는 데서 시작된다.

그런데 누군지 밝히지 않고 압력을 준다는 것은 둘 중 하나다. 그럴 위치가 안 되거나 밝히면 자신이 곤란하거나.

"전자라면 미치지 않고서야 그럴 리 없고……."

이쪽은 이미 발신 번호 표시가 되어 있다. 추적이 가능하다는 소리다.

"아마도 밝히면 곤란한 처지에 있는 사람이 한 전화겠지요."

"하지만 누구인 줄 알고? 우리가 바보도 아니고 누군지도 모르는데 무작정 전화 한 통 받고 사건을 포기할 리 없지 않은가?"

"글쎄요……. 누군지는 대충 알 것 같습니다만?"

"대충 알 것 같다고?"

"네."

"누군가?"

"확실하지는 않습니다. 좀 알아봐야겠지만 이런 방식을 쓰는 곳을 한 곳을 알고 있거든요."

"누구인데?"

송정한은 캐물었지만 노형진은 고개를 흔들었다.

"아직은 아닙니다. 좀 더 확실해지면 말씀드리죠."

노형진은 그렇게 말하면서도 속으로는 심각하게 고민하고 있었다. 그가 회귀 전 이런 식의 공격을 받아 본 적이 있기 때문이다.

그런데 그때는 그 끝이 무척이나 안 좋았다.

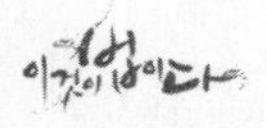

'이번에는 그냥 당할 순 없다.'

노형진은 이를 악물었다.

⚖

"역시 대포폰입니다. 전혀 엉뚱한 외국인 이름으로 되어 있더군요."

고문학은 노형진에게 번호를 추적한 결과를 보고하면서 고개를 흔들었다.

"위치는요?"

"서울인 것만 알 수 있었습니다."

"흠……."

노형진의 얼굴이 점점 심각해지자 고문학은 고개를 갸웃했다.

"이런 장난 전화야 흔하게 오지 않습니까?"

"장난 전화하려고 대포폰까지 사는 놈은 없습니다. 지금 연락해 보면 아마 그 대포폰은 사라졌을 겁니다."

"그렇기는 하더군요."

전화번호를 역추적해서 누군지 알아내려고 했지만 누구의 핸드폰인지 알 수도 없고 그쪽에 전화해 봐도 연락되는 것이 없었다.

"사실은 이런 방식의 전화를 옛날에 받아 본 적이 있었습니다.”
“받아 본 적이 있다고요?”
“네.”
“그런데요?”
“그때 무척 뒤가 안 좋았지요.”
“무슨 일이 있었습니까?”
노형진은 씁쓸한 얼굴이 되었다.
‘무슨 일이 있기는 했지. 내가 죽었으니까.’
노형진이 이 전화를 받았던 때.
그때가 바로 그가 대통령의 사돈 집안을 공격할 때였다.
당연한 얘기지만, 전화를 받은 노형진은 과감하게 씹었다.
‘그리고 그게 내 죽음의 이유가 되었지.’
“뭐, 그건 아실 필요 없습니다. 하지만 이런 방식은 국정원 쪽에 가깝습니다.”
고문학의 얼굴이 무척이나 딱딱해졌다.
국정원이라는 존재는 여러모로 부담되는 존재다.
국정원은 음지에서 일하면서 양지를 지향한다고 하지만, 사실상 음지에서 권력자를 위해 온갖 수를 다 쓰는 집단이다.
‘그리고 이번 정권에서 그 특성이 훨씬 강해졌지.’
기본적으로 국정원은 정보 집단이다.
당연히 고문학보다 훨씬 빠르고 확실하게 정보를 얻을 수 있다.

문제는 국정원이라는 곳이 정보 집단임과 동시에 필요하다면 암살도 할 수 있는 집단이라는 거다.

"국정원이라니요? 확실한 겁니까?"

고문학은 아무래도 정보 계통에 있는 사람이다 보니 웬만해서는 놀라지는 않는다.

하지만 이번에는 놀라지 않을 수가 없었다.

"그럴 가능성이 높습니다."

"아니, 말이 됩니까? 국정원이 뭐가 아쉬워서 일개 살인사건에 끼어든단 말입니까?"

"글쎄요."

그건 진짜 알 수 없는 일이다.

하지만 노형진은 확실하게 알 수는 있었다.

"하지만 국정원이 이번에 전화한 건 실수한 겁니다."

"실수요?"

"네."

노형진은 싱긋 웃었다.

"그 덕분에 방향을 잡을 수 있었거든요, 후후후."

국가의 권력은 개인의 도구가 아니다

"국정원이라……."

국정원이라는 말에 송정한은 곤란한 표정이 되었다.

그 집단은 그다지 좋은 곳이 아니었다.

법이라는 것에 묶여 있는 경찰과 검찰과 다르게 그들은 자신들이 법 위에 있다고 생각하는 작자들이다.

그리고 실제로도 어느 정도는 그런 것이 사실이고.

"도대체 왜? 국정원까지 이번 사건에 끼어든 건가? 난 이해를 못 하겠네. 뭐가 아쉬워서?"

"아마도…… 제 생각에는 정치인의 개인적인 치부일 가능성이 높습니다."

"개인적인 치부?"

"네, 국정원에서 보호해야 할 만큼 높은 사람이라는 거죠."

"크흠……."

다들 얼굴을 찡그렸다.

국정원에서 나서서 감춰야 할 만큼 높은 자리에 있는 사람은 그다지 많지 않다.

국회의원도 보호의 대상이기는 하지만, 살인 사건이라는 특성을 생각했을 때 국정원에서 나설 정도면 무척이나 높은 사람이라는 뜻이 된다.

"생각해 보세요. 경찰과 검찰이 합동으로 사건을 덮으려고 하는 경우가 얼마나 있습니까?"

"없지."

삼권분립이라는 게 서로 이런 경우를 막기 위해 존재하는 것이다.

그런데 경찰과 검찰은 소속이 다르다.

검찰은 법무부 소속이고, 경찰은 행안부 소속이다.

그러니 서로 견제해야 한다.

게다가 수사권 독립 문제로 서로 견원지간인 건 너무나 유명한 일.

"그런데 이번에는 그들이 함께 나서서 사건을 덮었습니다."

"음……."

"거기에다가 국정원이 나섰습니다."

"그러니까 이해를 못 하겠다는 걸세. 그 녀석이 뭔데? 누가 봐도 범인을 보호하려는 모양이 역력한데 그 녀석이 뭐라고 그 녀석을 보호하려고 국정원에서까지 나선단 말인가?"

"그러니까 개인적인 치부라고 생각하는 겁니다. 정치적인 문제라면 이렇게 되기 전에 이미 터졌든가 없었던 일이 되었겠지요."

"개인적인 치부라?"

김성식 변호사는 듣고 있다가 머리를 벅벅 긁었다.

"그 자식이 무슨 대통령 아들내미도 아니고."

"네?"

노형진은 과연 그 이유가 뭔지 곰곰이 생각하다가 문득 김성식이 한 말에 고개를 번쩍 들었다.

"방금 뭐라고 하셨지요?"

"응? 뭐 말인가?"

"지금 그녀석이 뭐라고 하셨지요?"

"아, 그 녀석이 무슨 대통령 아들내미도 아니고 국정원까지 나서서 보호한다는 게 이해를 못 하겠다는 걸세."

"어쩌면 그럴지도 모르지요."

"뭐라고?"

노형진의 말에 김성식과 송정한은 어이가 없다는 얼굴이 되었다.

하지만 노형진은 그럴 가능성이 없지는 않다고 생각했다.

아니, 그거 말고는 다른 이유가 없어 보였다.

"그 녀석이 누군가의 아들이라면 말입니다."
"흠?"
"가령 이런 가설일 수도 있지요. 그 녀석은 부부의 자식이기는 하지만 다른 사람의 자식일 수도 있는 거죠. 그 상황에서 이 녀석이 사고를 쳤고. 어머니는 그 아버지가 누군지 알고 있다고 치면……."
소름 끼친다는 표정이 되는 송정한.
하지만 부정할 수 없는 사실이기도 했다.
"자식을 구하기 위해 어머니가 연락했을 수도 있다는 건가?"
"네."
"하지만…… 그런다고 구해 줄까? 이 정도까지 하려면 나중에 문제가 생길 텐데?"
노형진도 그 부분에 대해서는 감안했다.
만일 친자식이라면 이렇게까지 하지 못한다.
하지만 아이러니하게도 친자식이 아니라면 이야기는 달라진다.
"만일 혼외자라면요?"
"음?"
"혼외자라면 어떻게 할까요?"
"혼외자……. 설마?"
"타락한 정치인들이 혼외자를 가지는 거야 흔한 일 아닙니까?"
"그거야 그렇지……."

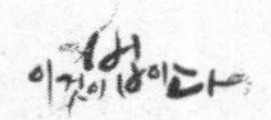

만일 혼외자라면 권력자의 입장에서는 곤란한 일이 된다.

"단순히 아들이라서가 아니라 약점이 잡혀서 구한 거죠. 구해 주지 않으면 혼외자의 존재가 까발려질 테니까요."

"그렇다면 언론에서 떠들어 댈 건 뻔하고."

"그러면 그의 커리어는 끝장입니다. 더군다나 높고 중요한 자리에 있는 놈일수록 그럴 가능성은 더더욱 높아지지요."

세 사람은 이번 가설에 대해 곰곰이 다시 생각했다.

하지만 그거 말고는 마땅한 가설이 없었다.

"하지만 아무리 높다고 해도 검찰과 경찰 그리고 국정원까지 나선다는 건……."

"그들이 한꺼번에 나설 필요는 없습니다. 국정원이 나서면 끝입니다."

"그렇겠군."

국정원은 정보 조직.

그래서 모든 정치인들과 권력자들의 비리를 캐고 모아 둔다. 그리고 그 정보를 이용하여 그들을 통제하려고 한다.

음지에서 양지를 지향하는 게 아니라 그들을 지배하려고 하는 것이다.

"경찰청장이나 검찰총장에게 비리가 없다고 생각할 수는 없지요."

그들은 자신을 지키기 위해서라도 압력을 행사할 수밖에 없었을 것이다.

그리고 국정원은 뒤에서 구경만 하면 된다.

"곤란한 문제군."

"국정원이라……."

두 사람이 국정원에 대해 이야기하고 있을 때 노형진은 그 사건을 다시 곱씹었다.

'이 사건은 미래에 재심을 한다. 그리고 현재 잡혀 있는 박판성에게 무죄가 나오지. 하지만 이철식은 처벌받지 않아. 결국 영구 미제로 넘어간다.'

만일 권력자가 그때까지 그 자리에 있었다면 재심은 나오지 않았을 것이다.

재심이라는 결과가 나왔다는 것은 그가 권력의 핵심에서 쫓겨났다는 뜻.

그렇지만 그래도 사건을 덮을 정도의 인맥은 남아 있다는 소리이기도 하다.

'과연……'

문제는 그럴 만한 인간이 너무 많아서 문제라는 거다.

"그럼 어쩔 건가?"

"글쎄요……."

노형진은 방향을 바로잡았다.

"일단 우리가 가는 방향은 두 가지입니다. 자살한 박거문과 이철식의 가족을 파 봐야겠습니다."

국정원이 뭐라고 하든 노형진은 물러날 생각이 눈곱만치

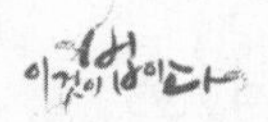

도 없었다.

⚖

"저 사람입니다."

이규철. 호적에 아버지로 등록되어 있는 사람이다.

"기록에 따르면 이철식의 어머니인 한선미는 서울에서 일하던 공무원이라고 합니다. 그런데 도중에 퇴직하고 고향으로 내려갔다고 합니다."

고문학은 조사한 내용을 노형진에게 알려 주고 있었다.

노형진은 그것을 들으며 창문 바깥으로 보이는 이규철을 뚫어지게 바라보았다.

"퇴직 사유는요?"

멀쩡하게 일하던 공무원이 퇴직 후 여기까지 내려와서 시골에서 결혼해서 안착한다? 그건 말도 안 된다.

물론 그때도 지금처럼 공무원의 자리가 최고의 신붓감 조건인 것은 아니었겠지만, '철 밥통'이라는 말이 괜히 나온 게 아니었다.

"공식적으로는 업무상 횡령입니다."

"업무상 횡령?"

"2억 정도 되는 돈을 횡령한 것으로 되어 있습니다."

"2억이라……. 저 집 재산이 2억이 안 될 것 같은데요?"

노형진의 입에서는 비웃음이 슬슬 피어올랐다.

그 당시의 2억이면 못해도 지금의 5억의 가치는 되는 돈이다.

그런데 그 돈을 횡령했다는 사람이 아무것도 없이 이런 시골에서 살고 있다니.

“환수했습니까?”

“아니요. 환수한 기록은 없습니다.”

“이유는 돈이 없어서구요?”

“네.”

“내 그럴 줄 알았습니다.”

노형진은 직감적으로 왜 그런 일이 일어났는지 알 수 있었다.

쉽게 말해서 한선미가 모든 죄를 뒤집어쓰고 쫓겨난 것이다.

그 대신 적당한 돈을 받고 추가적인 환수를 하지 않는 조건이었을 것이다.

‘그런 일이 하도 흔했으니.’

옛날에는 횡령하지 않으면 병신이라는 소리를 들을 정도로 횡령이 흔하게 벌어지는 일이었다. 그럴 수밖에 없는 게, 현행법상 공무원이 횡령하고 5년이 지나면 그 돈을 환수하지 못하도록 되어 있다.

그러니 적잖은 공무원들이 수억 원을 돈을 빼돌리고 내빼는 것이다.

그리고 5년만 지나면 그 돈이 자신의 돈이 되는 것이다.

“그러면 그 당시에 근무하던 곳은요?”

"기밀이네요."
고문학의 말에 노형진은 피식 웃었다.
기밀이라고 하면 뻔하지 않은가?
"거기서 만났군요."
"네."
고문학은 고개를 끄덕거렸다.
대략 20년 전이니 안기부 시절이다.
정권과의 유착이 극에 달했으며, 온갖 비리가 판치던 시절이니만큼 거기서 돈을 빼돌리는 직원은 쌓이고 쌓인 시절이자 여성 공무원의 미래가 뻔한 시절이기도 했다.
"그럼 애아버지는?"
"모르지요."
누군지 알 수는 없다.
하지만 단순 회계 업무라곤 해도 안기부 사람과 접촉했다는 것 자체가 그 당시로써는 상당한 권력자라고 볼 수밖에 없는 일.
"하여간 고향에서 결혼했습니다. 그리고 3년 후에 이철식이 태어났지요."
"그동안 계속 교류가 있었겠군요."
"만일 우리 가설이 맞는다면 그럴 가능성은 충분합니다."
함께 돈을 빼돌리다 보면 일종의 묘한 스릴감을 느끼게 된다. 그러면 속칭 눈이 맞는 일도 벌어지는 것이다.
"하지만 어디까지나 가설일 뿐입니다. 확실한 건 하나도 없지요.”
‘그게 문제야.’
물론 확실하게 하는 방법은 있다.
다름 아닌 이철식과 이규철의 유전자 검사다.
과거에는 방법이 없었을지 모르지만 현대에서야 어려운 게 아니니까.
“하지만 우리가 하라고 한다고 하겠습니까?”
“할 리 없지요.”
멀쩡한 집에 가서 ‘당신 자식이 아닌 것 같으니 유전자 검사를 한번 해 보십시오.’라고 말하면 진짜로 하겠는가? 미친 놈이라고 쫓겨나지 않으면 다행이다.
“그렇다고 가설로만 이야기를 이끌어 갈 수는 없고.”
“압니다. 가설을 입증하기 위해서는 유전자 검사를 해야 합니다.”
“하지만 무슨 방법으로요?”
노형진은 이규철이 가는 방향을 보면서 입맛을 다셨다.
“없지는 않습니다만…… 쩝.”
이 작전을 실행하면 저들의 집안은 박살이 날 것이다.
‘약간은 미안하기는 하지만…….’
하지만 유전자 결과가 틀리다면 남자에 대한 배신이 된다.
“이 유전자 검사를 하라고 할 만한 사람이 딱 한 사람이 있지요.”

노형진은 그를 설득할 생각이었다.

⚖

"뭐라고?"

노형진은 제법 나이가 많아 보이는 노인들 앞에서 슬쩍 고개를 돌렸다.

하지만 노인네는 무척이나 불만스러운 얼굴이 되었다.

"아닙니다."

"아니긴 뭐가 아니야! 방금 한 말이 무슨 소리야?"

노인네는 카랑카랑한 목소리로 외쳤다.

"별거 아닙니다."

"별거 아닌 것 같은데?"

노인네가 짜증을 부리자 노형진은 어쩔 수 없다는 듯 어깨를 으쓱했다.

"어르신 집안의 기록에는 정신병적 유전 요인이 없거든요."

"그래서?"

"그런데 손자분에게만 갑자기 정신병이 생겼다는 게 이상해서 한 말입니다."

노형진은 이규철의 아버지, 그러니까 이철식의 할아버지가 있는 동네로 사람들을 끌고 영업하러 갔다.

공식적으로는 변호사로서 유언장을 의뢰받기 위한 홍보였

지만 노형진은 이규철의 아버지 앞에서 이야기를 듣다가 슬쩍 '이상한데? 왜 정신병이 생기지?'라고 말한 것이다.

"정신병이라는 게 유전적인 부분도 무시하지 못하거든요. 그런데 딱히 정신병이 생길 만한 이유도 없는데 갑자기 이유도 없이 멀쩡하다가 정신병이 생겨서 5개월이나 정신병원에 입원했다면서요? 그런 경우는 무척이나 드물죠."

노형진은 이철식이 처벌을 피하기 위해 정신병원에 갔던 이야기를 슬쩍 돌려서 말한 것이다.

'역시나.'

이철식이 살인 처벌을 피하기 위해 갔다는 걸 부모에게 말할 리는 없으니 이상하게 생각할 수밖에 없다.

"그게 무슨 말인가?"

다른 사람들이 있는 자리에서 말했으니 동네 사람들이 쑥덕거리는 건 당연한 일.

"말 그대로입니다. 정신병을 가진 사람의 자식이 아닌 이상에야 갑자기 이렇게 순식간에 미쳐서 정신병원에 가는 건……."

"뭔 개소리야!"

이철식의 할아버지는 발끈하면서 소리를 질렀다.

자신의 손자다.

그것도 무척이나 금이야 옥이야 키운 손자다.

그런데 변호사라는 인간의 말대로라면 남의 자식일 수도 있다는 거 아닌가?

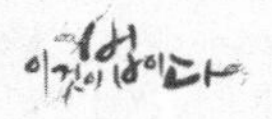

"그러면 어쩔 수 없고요. 전 그저 일반적인 경우를 말한 것뿐입니다."

노형진은 어쩔 수 없다는 식으로 뒤로 물러났다.

하지만 이미 피어오른 의심의 씨앗이 그의 눈빛 속에서 자라나는 걸 보면서 씩 웃었다.

⚖

"젠장."

이철식의 할아버지는 지난번에 들은 말이 영 찝찝했다.

물론 정신병은 단순히 유전적 문제로 생기지 않는다. 사회적인 문제나 가정적인 문제 역시 감안해야 한다.

하지만 그는 자신의 집안에 정신병적인 유전자가 있다는 걸 인정할 수가 없었다.

더군다나 실제로도 자기 집안에 그런 사람은 전혀 없었다. 그러니 자꾸 걸릴 수밖에.

"그러고 보면……."

며느리는 자신의 집안을 무척이나 무시했다.

어찌어찌해서 결혼하기는 했지만 서울에서 대학교까지 나온 며느리는 집안뿐만 아니라 남편도 툭하면 무시했고 명절마다 일이 바쁘다는 식으로 오지 않는 경우도 흔했다.

그녀가 자신의 집안과 결혼한 것은 단 하나, 자신이 부자이기 때문이다.

그래서 그는 아직까지 아들에게 재산을 주지 않았다. 돈만 보고 온 그 여자에게 재산 관리 권한을 주지 않기 위해서다.

'그런데 그 말이 사실이라면?'

그런데 노형진이 한 말이 사실이라면 결국 자신이 죽고 난 후에 자신의 모든 재산이 자기 집안도 아닌 다른 놈팡이의 핏줄에게 간다는 소리가 아닌가?

"그럴 리가…… 그럴 리가……."

하지만 찍소리도 못 하면서 잡혀 있는 아들의 모습을 보면 그게 기우라는 느낌이 전혀 들지 않았다.

"끄응……."

그는 결국 한참 고민하다가 전화기를 들었다.

그리고 며칠 전 받아 둔 명함으로 전화를 걸었다.

-네, 노형진입니다.

그는 그 목소리에 입을 꾹 다물었다가 천천히 조심스럽게 입을 열기 시작했다.

"나, 지난번에……."

⚖

"빙고."

노형진은 웃으면서 봉투를 흔들었다.

거기에는 몇 개의 머리카락과 면봉이 들어 있었다.

"손에 넣으셨군요."

"그럼요. 조금만 쥐고 흔들면 되는걸요."

노형진이 살짝 쥐고 흔들자 노인네는 마지못해서 유전자 검사를 하고 싶다는 의견을 보내왔다.

그리고 노형진의 말대로 머리카락과 면봉으로 입안을 긁어서 보내 준 것이다.

"이철식의 유전자는 얻었습니까?"

"네."

유전자를 얻는 것은 그다지 어려운 일이 아니다.

사람은 어딜 가나 약간의 흔적이 남기 마련인데, 거기에는 당연히 일부 세포가 포함된다.

새론의 정보 팀은 이철식을 따라다니면서 그가 버린 쓰레기들로부터 적잖은 유전적 흔적을 모아 둔 상태였다.

"이제 이걸 검사해 보면 모든 게 드러나겠지요, 후후후."

그리고 그때 자신들의 반격이 시작될 것이다.

"너희, 유전자 검사해 봐라."

"네?"

이규철과 한선미는 아버지의 명령에 집에 왔다가 당황스

러운 말에 어리둥절한 표정이 되었다.

"그게 무슨 말씀이세요, 아버지?"

"유전자 검사해 보라고. 철식이 네 자식 맞나."

"당연히 제 자식이죠."

"그래서 검사하라는 거 아냐?"

"아니, 아버지, 무슨 말씀을 그렇게 하세요? 제가 그럼 철식이 아비 말고 다른 사람이랑 바람이라도 피웠다는 거예요, 뭐예요?"

한선미는 시아버지의 말에 예민하게 반응했다.

물론 일반적인 경우라면 이건 말도 안 되는 짓거리다.

여자의 입장에서는 무척이나 기분 나쁜 말일 수밖에 없는 것이다.

하지만 그로서도 할 말이 있었다.

촤악. 시아버지가 던지자 바닥에 쫘악 미끄러져서 날아가서 그들 앞에 멈추는 봉투.

그 봉투를 본 두 사람은 움찔했다. 거기에는 유전자 검사센터라는 말이 쓰여 있었던 것이다.

"좀 이상해서 알아봤다."

"알아보다니요, 아버님?"

그걸 보고 불안함을 느낀 이규철은 떨리는 목소리로 아버지를 바라보았다.

"아는 사람을 통해 검사했는데 검사 결과가 웃기게 나왔더

구나.”

이규철은 후다닥 봉투를 열고 내용물을 확인했다. 거기에 쓰인 내용은 충격적이었다.

“조손 관계일 가능성이 0.03%?”

쉽게 말해서 아예 남남이라는 소리다.

그걸 보면서 아버지는 이를 악물고 이야기하기 시작했다.

“그렇다는 건 둘 중 하나겠지. 죽은 네 어미가 바람피웠든가 며느리가 바람피웠든가.”

어느 쪽이든 그의 입장에서는 반가운 게 아니다.

“…….”

그걸 본 이규철이 아무런 말도 하지 못하는 데에 반해 한선미는 격하게 날뛰었다.

“아니, 어떻게 우리 몰래 철식이 유전자 검사를 할 수 있어요? 네? 철식이가 무슨 잘못을 했다고 그 애를 이렇게 괴롭혀요! 그 애는 아무 잘못 없다고요!”

“그래, 그 애는 잘못을 하지 않았을 수도 있지. 그 어린것이 무슨 일을 했겠느냐, 그냥 태어난 것뿐인데. 잘못했다면 그건 너 아니면 죽은 네 시어미 둘 중 하나겠지.”

“…….”

“그냥은 못 넘어간다. 너랑 철식이 검사도 하고 나랑 규철이 너도 검사하자.”

“…….”

이규철은 아무런 말도 하지 못한 채 멍하니 그 서류만 바라볼 뿐이었다. 머리가 멍해지고 세상이 빙 도는 느낌.

"난 이런 취급 받으면서 못살아!"

벌떡 일어난 한선미.

그녀는 뒤도 돌아보지 않고 그곳을 빠져나왔다.

"여…… 여보!"

이규철은 다급하게 그녀를 불렀지만 등 뒤에서 들리는 말에 옴짝달싹할 수가 없었다.

"거기서 그년을 따라가면 부자지간이 끊어진 걸로 알겠다."

"아…… 아버님."

"어느 쪽이든 철식이는 내 손주가 아니다. 그러면 네가 내 자식인지부터 의심해야겠지."

불타는 아버지의 눈빛을 보면서 이규철은 아무런 말도 할 수가 없었다.

⚖

"뭐라고요?"

아버지와 아버지의 유언 변호사라는 사람과 함께 병원을 온 이규철은 자신에게 사형선고가 떨어진 느낌이었다.

"일단 두 분은 부자 관계가 맞습니다."

그 부분은 다행이었다. 아버지의 걱정처럼 돌아가신 어머니가 바람피운 건 아니었던 것이다.

하지만 이어지는 말이 이규철의 가슴에 대못을 박았다.

"하지만 이규철 씨는 무정자증입니다."

"무…… 무정자증이라니요?"

"말 그대로 무정자증입니다. 정액은 나오지만 그 안에 정자는 없습니다."

아무리 시골에 산다고 해도 정자가 뭔지, 정자가 어떤 역할을 하는지 모를 수는 없다. 그래서 더 문제였다.

"제가 나이를 먹어서……."

"아니요. 나이를 먹으면 정자가 줄어들지, 아예 안 나오지는 않습니다. 이건 원래 그러신 겁니다."

"하…… 하지만…… 전 자식이 있는……."

그 말을 들은 의사의 얼굴에는 안쓰러움이 스치고 지나갔다. 이런 경우를 못 본 게 아니니까.

"죄송합니다. 그건 불가능합니다."

하늘이 무너지는 표정으로 부들부들 떠는 이규철을 보면서 담당 변호사인 노형진은 한편으로는 안쓰러움을, 다른 한편으로는 반가움을 느꼈다.

⚖

"역시라고 해야 하나?"

한선미는 가출했다. 한선미뿐만 아니라 이철식 역시 갑자기 연락이 끊어졌다.

"망할 년 같으니라고!"

평생을 속으면서 산 이규철은 이를 박박 갈았다.

그녀가 자신보다 공부도 잘했으며 일자리도 좋았다.

그래서 찍소리도 못 하고 잡혀 살았다. 그런데 자신의 자식이 아니라니.

"그 망할 계집을 죽여 버릴 겁니다."

"진정하십시오. 일단 친부가 누군지 알아내야 합니다."

"하지만 어떻게요? 그 썅년은 벌써 튀었는데."

"일단 집에 있는 물건으로 추론해 봐야지요."

"물건으로?"

"네."

노형진은 그를 설득해서 집 안으로 들어가는 데 성공했다.

물론 그 안에 진짜로 친부를 알아낼 수 있는 물건이 있을 거라고는 생각하지 않았다.

'하지만…….'

이 집 안에는 그의 기억이 있는 수많은 물건들이 있다.

이 중에서 하나만 걸린다고 해도 어떻게 해서든 기억을 읽어 낼 수 있다.

"마음대로 해 봐요. 여기에 있는 거 다 갖다 버릴 거니까 찢어발기든 부수든 마음대로 해요!"

'쾅!' 하는 소리와 함께 문을 닫고 나가 버리는 이규철.

노형진은 그걸 보면서 약간 미안한 생각이 들었다.

"왜 그러나?"

"그냥 어떤 게 좋은 건지 모르겠네요. 진실을 모르고 잘 살다가 죽는 게 나았을까요?"

"그럴 리가 있나. 차라리 조금 아프고 진실을 아는 게 훨씬 나은 거지."

김성식은 가볍게 대꾸하고는 짐들을 살피기 시작했다.

"그런데 이 안에서 과연 진짜 부모의 흔적을 찾을 수 있을까? 한선미가 몇 년간 왔다 갔다고 해도 이제 그럴 나이는 지났잖나?"

"그건 그렇지요."

이철식은 이미 스물이 넘은 성인이다.

그러니 그사이에 둘 사이의 밀회가 끝났다고 해도 이상할 것은 전혀 없다.

"하지만 그거 말고는 아무런 방법도 없지 않습니까?"

"쩝…… 한선미를 제대로 따라갈 수만 있었어도."

노형진은 어깨를 으쓱했다.

"아무리 그래도 국정원에 다닌 여자입니다. 현직에서 물러난 지 오래되어서 현재는 모른다고 해도 다른 녀석이 붙을 수도 있죠. 아무리 정보 팀이라고 하지만 너무 무리한 요구입니다."

"그렇지?"

상대방은 국정원이다.

만일 자신들이 한선미를 감시하면 그들이 무슨 짓을 할지 모른다.

"일단은 그 관련된 증거를 찾아봅시다."

"그러세."

노형진은 여기저기를 뒤지면서 물건들의 기억을 읽기 시작했다. 하지만 제대로 된 기억은 전혀 없었다.

'역시라고 해야 하나?'

이렇게 오랫동안 내연 관계가 맺어질 가능성은 그다지 높지 않다.

진짜 아버지는 권력의 핵심에 올라갔을 가능성이 높은데, 그 경우 대부분이 더 어리고 더 예쁜 여자를 찾는 것이 보통이기 때문이다.

"아무것도 없군."

"네."

상대방을 추론할 수 있는 물건은 전혀 없었다.

심지어 기억도 없었다.

수년간 전혀 그에 대해 생각하지 않았다는 뜻이다.

"일단 상대방이 누군지 알아야 공격하는데 말이지."

김성식조차도 곤란한 표정으로 바라볼 수밖에 없었다.

노형진은 주변을 두리번거리다가 문득 한 가지 기억이 떠올랐다.

"혹시 아들 쪽은 어떨까요?"

"응?"

"아들이라니, 이철식 말인가?"

"네."

"아니, 왜?"

"만일 그 녀석이 이철식의 흔적을 알고 있었다면 서로간에 소통이 있지 않을까요?"

"흠…… 그럴듯하군."

김성식은 고개를 끄덕거렸다.

노형진은 바로 이철식의 방으로 가서 물건을 뒤지기 시작했다.

"역시 별거 없는데? 하긴, 누군지 모르지만 자기가 누군지 드러내는 짓을 하겠어?"

김성식은 찾아보다가 포기한 듯 어깨를 으쓱했다.

하지만 노형진에게는 다른 실적이 있었다.

'이거라면?'

방구석에 놓여 있는 노트북.

그런데 그 노트북이 범상치 않았다.

일반적으로 사람들이 쓰는 노트북은 뻔하다.

아무리 이철식이 대학생이라고 하지만 기껏해야 100만 원 선에서 쓰게 되어 있다.

'그런데 이건 너무 비싼 건데?'

무려 가격이 280만 원짜리 노트북이다. 빵빵한 성능에 심지어 모니터가 터치스크린인 전문가용.

'이런 집에서 사 줄 만한 물건은 아니지.'

이규철의 집은 부자가 아니다. 할아버지가 돈이 많기는 하지만 분명히 돈을 주지 않고 있다고 했다.

한선미 역시 돈을 많이 가진 것도 아니다.

그런데 이 노트북은 누가 봐도 튀는 존재였다.

"이 노트북이 이상하지 않습니까?"

"이 노트북이?"

"이거 완전 전문가용입니다. 일반적인 곳에서는 팔지도 않는 물건이지요."

"흐음, 그런가?"

"네."

김성식은 노트북에 대해서는 잘 모르기 때문에 그러려니 했다. 하지만 노형진의 생각은 달랐다.

"이런 건 말 그대로 극히 조금 팔리는 물건입니다. 이걸 추적하면 어디서 나온 건지 알 수 있을 것 같은데요."

"호오?"

노형진은 그렇게 말하면서 노트북을 열었다.

물론 진짜로 작동시켜 보려는 게 아니라 그 안의 기억을 읽어 보려는 것이다.

'최근 건 어차피 필요 없는 정보이고…….'

최근의 거라고 해 봐야 이철식이 그 노트북으로 포르노를 본 정도의 기억이었다.

노형진은 최초의 기억에 접근해서 그쪽을 뒤졌다. 그리고 피식 웃었다.

'빙고.'

그 기억 속에서 한 남자가 다른 남자에게 노트북을 건네는 장면이 보였다.

"이겁니다. 가장 성능이 좋은 물건입니다."

"그래, 요즘 애들이 좋아할 물건인가?"

"네, 어지간한 데스크톱보다 훨씬 뛰어난 성능을 가지고 있습니다."

"그렇단 말이지?"

반가운 얼굴을 하면서 그걸 받아 드는 남자.

노형진은 그 남자의 얼굴을 확실하게 기억할 수 있었다.

역시 노형진의 예상대로 이 노트북은 그가 건네준 물건이었던 것이다.

'하긴, 그래도 자기 핏줄인데 방치할 수는 없겠지.'

노형진은 미소를 지으면서 씨익 웃었다.

"해당 노트북은 정부에서 구입한 걸로 되어 있습니다."

"정부에서?"

"네, 카드 결제 기록이 그렇게 되어 있습니다. 정확하게는 국정원에서 산 걸로 되어 있습니다."

고문학은 기록을 보면서 어깨를 으쓱했다.

"뭐, 예상대로네요."

남자는 자신이 아니라 국가 세금으로 그걸 구입한 것이다.

"이래서는 어디로 갔는지 알 수가 없지 않나?"

"흠……."

노형진 역시 길이 막혀 있는 상황이었다.

일반적인 조직이라면 인터넷상에 조직도나 높은 사람의 사진을 올려 둔다.

하지만 국정원은 그럴 리 없다. 당연히 그 얼굴을 보는 것은 무리였다.

"그냥 아는 국정원 요원한테 물어보면 안 되려나요, 하하하."

"국정원 요원이 그렇게 쉽게 신분을 드러내겠습니까?"

김성식이 반쯤 장난삼아 말하자 노형진은 부정적인 의견을 보였다.

그렇게 신분이 쉽게 드러나면 어떻게 스파이 노릇을 하겠는가?

그런데 의외의 답변이 고문학에게서 나왔다.
"뭐, 드러난 사람도 있기는 하지요."
"네?"
노형진은 고개를 갸웃했다.
고문학은 그런 노형진에게 간단하게 설명했다.
"아무리 국정원이 스파이 조직이라고 해도 공식적인 국가 조직인 건 부정할 수 없습니다. 그러니 전면에 나서서 일하는 사람들이 필요하지요."
"전면?"
"네, 전면에 나서서 국정원을 서포트하는 사람들. 그들은 어쩔 수 없이 신분이 드러날 수밖에 없습니다. 그런 사람들을 보통 화이트 요원이라고 합니다. 반대로 어둠 속에서 일하면서 티가 나지 않게 움직이는 사람은 블랙 요원이라고 하지요. 이번 경우도 마찬가지입니다. 노트북을 산 사람이 화이트 요원이니 국정원에서 산 건지 확인이 가능한 거지, 만일 블랙 요원이었다면 확인은 불가능했을 겁니다."
노형진은 갑자기 소름이 돋았다.
"혹시 화이트 요원은 보통 어떤 사람입니까?"
"보통은 블랙 요원을 하다가 전면으로 나서는 사람들입니다. 처음부터 화이트로 나오는 사람도 있기는 하지만 드물죠. 대부분 나이를 먹어서 일선에서 뛸 수 없게 되면 화이트로 빠집니다."

"그럼 그 사람들에 대해서는 알 수 있나요?"

"뭐, 어느 정도는요. 그런 사람들은 공식적으로 활동하니까요. 대사관이라든가 그런 곳에서 일하지요."

"그럼 사진을 좀 가져다주세요."

"네?"

"그 사진을 구해 주세요. 알아볼 게 있습니다."

"아, 네……."

노형진의 말에 고문학은 고개를 끄덕거렸다.

그리고 얼마 지나지 않아서 그 사진을 구해서 노형진에게 가지고 왔다.

노형진은 그걸 보고 등골이 오싹한 기분이 들었다.

'그 녀석이다.'

사진의 가장 앞에 있는 한 남자의 모습.

그는 기억 속에서 본 그 남자의 모습과 정확하게 일치했다.

"이 사람은…… 미국에 있군요."

"서승범 말씀이시군요. 미국에 나가 있는 화이트 요원입니다. 미국 지역의 스파이 조직을 통괄하고 있다고 보시면 됩니다."

"중요한 자리입니까?"

"중요하지요. 특별한 일이 없으면 차기 부국정원장이나 차장급은 될 겁니다."

국정원장의 경우는 워낙 정치적인 노선의 영향을 받지만

부국정원장이나 차장은 일선 경험이 있는 사람이 해야 한다.

그리고 그 정도 자리에 있는 사람이 휘두르는 권력은 어마어마하다.

“왜 그러십니까?”

“아니, 그냥…… 닮지 않았습니까?”

“네?”

“이 사람이요, 이철식과 닮은 것 같지 않았습니까?”

노형진의 말에 무심결에 그를 보던 고문학은 자신도 모르게 고개를 끄덕거렸다.

“확실히 닮았습니다. 아! 그래서 사진을 가지고 오라고 하신 거군요. 하긴, 부전자전이라는 말이 있지요.”

‘아니, 난 그냥 기억에 있는 얼굴을 찾은 것뿐인데.’

과정이야 어떻든 간에 서승범은 누가 봐도 이철식과 무척이나 닮았다.

‘역시 내 예상이 맞았어.’

이철식의 나이와 한선미의 나이를 생각하면 그 상대방도 나이가 적지는 않을 테니, 블랙 요원에서 벗어났을 가능성이 높다는 노형진의 예상이 정확하게 맞아떨어진 것이다.

“하지만 미국에 있는데?”

“이건 화이트 요원 관련 사진입니다. 이 사람은 한국에 들어와 있습니다.”

고문학은 노형진이 약간 이상하게 생각하는 부분을 제대

로 정정해 줬다.

"그렇다면 분명히 이번 일을 저지를 수도 있겠군요."

그의 신분은 현재 국정원의 부장이다.

그 정도 되면 내부에 있는 경찰과 검찰의 비리 사실에 접근할 수도 있다.

'그리고 그걸 가지고 협박할 수도 있고 말이야.'

그렇다면 지난번에 자신에게 전화를 건 사람도 그일 가능성이 높다.

"부장이라……. 그렇다면 국정원이 자체적으로 끼어들 가능성은 높지 않겠군……."

"그렇겠지요."

국정원 부장쯤 되면 엄청난 파워를 가지고 있고 무소불위의 권력을 휘두를 수도 있지만, 한편으로는 국정원 자체에서 보호할 정도로 중요 직책인 것도 아니다.

"그러면 경찰과 검찰이 움직인 건 권력에 의한 비리라기보다는 아무래도 협박의 결과이겠군."

"서승범쯤 되면 주요 수뇌부의 비리 정도는 손에 쥐고 있을 테니까요."

대충 상황이 이해되기 시작했다.

서승범이 자신의 치부를 감추기 위해 국정원이라는 도구를 이용해서 경찰과 검찰의 비리를 캐기 시작했으니 자신들을 지키기 위해서라도 경찰과 검찰이 그의 말에 따를 수밖에 없었던 것이다.

"다른 사람도 아니고 국정원 부장이 내연녀와의 관계에서 아이까지 가졌다는 건 다른 집단에 비해 치명적인 약점일 수밖에 없습니다."

정치인들이 내연녀를 가지는 거야 흔하다고 하지만 국정원은 스파이 조직이다.

절대적으로 그림자에서 움직여야 하는 사람들이 그러면 엄청난 실책이 된다.

"더군다나 시기로 봐서는 그가 블랙 요원으로 일하는 시점입니다."

"하긴, 이철식의 나이가 스무 살이 넘었으니 그때는 한창 일선에서 일할 때로군."

"네."

더군다나 그 내연녀라는 사람이 같은 조직 내에 있었던, 그것도 횡령으로 퇴출된 요원이라면 더더욱 문제가 될 것이다.

"아마도 철저하게 버려지겠군."

"스파이계에는 불문율이죠."

그 바닥에서 퇴출된 스파이는 일반적으로 사람들이 생각하는 퇴직하고는 거리가 멀다.

그들은 국가적 기밀을 알고 있다.

서승범 역시 블랙 요원으로 활동하던 사람이기 때문에 관련된 비밀을 많이 알고 있으니 퇴직 후에 변절하게 되면 정부에서는 곤란해지는 일이 생긴다.

“철저하게 감시하고 방해할 겁니다. 아마 해외에 나가는 건 고사하고 누구를 만나는 것까지 모조리 감시당할 겁니다.”

“흠…….”

그렇게 되면 그는 뭐든 제대로 할 수가 없다.

물론 정상적으로 퇴직한 거라면야 국정원 후배들의 도움을 받겠지만 이런 경우 감시하는 사람들이 국정원 후배들인데 과연 도와줄까?

“그렇다면 그 녀석이 이 모든 걸 진행한 이유로는 완벽하군.”

“그렇다면 국정원 자체적인 작전이 아니라 서승범의 개인적인 일탈일 가능성이 높습니다.”

“그런데 개인적인 일탈로 이 정도로 국가권력을 좌지우지하는 게 가능한 거야?”

송정한은 혀를 내둘렀다.

그러자 조용히 듣고 있던 김성식은 안타까운 얼굴이 되었다.

“가능합니다. 검찰조차도 어느 정도 사건을 덮는 게 가능한데 국정원 그것도 부장급이면 훨씬 권력이 강하죠. 사실 상대방이 무슨 정치인이나 공인도 아니고, 아무것도 모르는 아이에게 사건을 뒤집어씌우는 거라면 어려운 부탁도 아니고요. 국정원은 개국 이래로 단 한 번도 외부 감사를 받은 적이 없는 집단입니다. 사실상 사조직으로 운영되고 있다고 봐도 무방하지요.”

"끄응…… 그렇군요."

"게다가 인생이 달렸으니 주저할 게 뭐가 있겠습니까?"

만일 진실이 까발려지면 단순 퇴직 정도가 아니라 인생 자체가 망가질 수밖에 없는 상황이다.

그러니 불륜을 감추기 위해 어쩔 수 없이 한선미의 요구대로 사건을 조작할 수밖에 없었을 것이다.

"그러면 이걸 그대로 까발릴까?"

"글쎄요……."

노형진은 그 부분에 대해서는 걱정이 많이 되었다.

"아무리 개인의 비리라고 하지만 그걸 까발리는 건 국정원에서 별로 좋아하지 않을 겁니다."

"그런가?"

"뻔하지 않습니까?"

그들은 내부 고발이든 외부 고발이든 아무리 자신들이 나쁜 짓을 했다고 해도 그 일이 까발려지는 걸 무척이나 싫어한다.

"아무리 우리라고 해도 국정원의 치부를 까발리고 나면 그쪽에서 부정적으로 반응할 건 뻔한 일입니다."

"흠……."

노형진의 말에 다들 우려스러운 얼굴이 되었다.

사실 국정원이라는 조직을 건드리고 멀쩡할 만한 집단은 한국에 없다고 봐도 무방하기 때문이다.

그들은 자신들의 이익을 위해서라면 암살도 불사한다.

다른 조직과 본질적으로 다른 것이다.

“그러면 이번 사건을 덮자는 말인가?”

“그럴 리가요. 이번 사건의 목적을 위해서는 이번 사건은 공개되어야 합니다.”

“하지만 어떻게?”

“국정원이니까…….”

노형진은 피식 웃었다.

국정원이라고 해도 절대 보호하지 못하는 하나가 있기 때문이다.

“국정원에서 좋아하는 걸 한번 해 볼까요?”

“국정원에서 좋아하는 거?”

“조작질 말입니다.”

송정한은 왠지 불편한 얼굴을 할 수밖에 없었다.

노형진의 입에서 나온 불편한 진실 때문이었다.

“뭐, 어떻습니까?”

저쪽에서 조작질을 하면서 싸우는데 이쪽에서 정당하게 이길 방법은 없다.

“걱정하지 마세요. 크게는 안 할 테니까. 후후후.”

노형진은 그저 미소를 지을 뿐이었다.

작은 조작질, 큰 결과?

“통장은 어떻게 되어 갑니까?”

“어려운 건 아닙니다. 계좌 만드는 건데, 뭐.”

고문학은 어깨를 으쓱했다.

노형진은 이번 사건을 적당히 넘어갈 생각이 없었다.

노형진이 원하는 건 국방부와 국정원의 정면충돌이다.

단순히 국정원 요원의 비리를 알려 준다고 해서 국방부가 움직일 가능성은 높지 않다.

어찌 되었건 이건 개인의 비리이고, 군대는 그 특성상 언론 플레이를 할 수 있는 조직이 아니기 때문이다.

‘하지만 그렇게 둘 수는 없지.’

노형진이 하는 방법은 별거 아니다.

그저 차명 계좌 하나 만드는 것일 뿐이다.

물론 한국에 만드는 것은 어려운 일이다.

더군다나 대상이 국정원 요원이었던 한선미라면 분명히 만드는 순간 국정원에 보고가 들어갈 것이다.

'하지만 해외라면 그렇지 않지.'

해외에서는 차명 계좌를 만드는 게 자유로운 곳이 몇 군데 있다. 그 몇 곳은 자금 도피나 자금 세탁에 전문적으로 되어 있는 곳이다.

"일단 자금을 넣어 놨습니다. 총 네 번 돌렸고 그 발신처는 적당히 감춰 놨습니다. 최종적으로는 한국에 있는 차명 계좌로 들어온 것으로 해 놨습니다."

고문학은 최종 결과를 말하면서 고개를 끄덕거렸다.

"최초 발신처는 확실하게 해 놨지요?"

"그럼요."

고문학은 씩 웃었다.

"국정원만 못하다고 하지만 이런 작업을 한두 번 해 본 것도 아니고."

"하긴……."

대한민국에서 정보원이라는 직업은 결코 깨끗하게 만들어질 수 없는 직업이다.

물론 고문학이 노형진과 일하면서 불법적인 일을 하지 않는다고 하지만 그건 어디까지나 의뢰를 받지 않는다는 정도

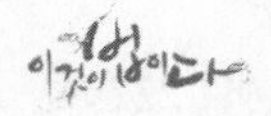

지, 업무와 관련된 것까지 하지 않는다는 건 아니었다.

"자, 그러면 이제 작업을 한번 시작해 볼까요?"

노형진은 다음에 벌어질 일이 궁금해서 손이 근질거리기 시작했다.

⚖

"이게 무슨 말이야?"

국방부 장관은 얼마 전 첩보부로부터 재미있는 소리를 들었다.

지라시라고 불리는 증권가 뉴스.

거기에 실려 있는 소문들은 대부분은 가짜다.

하지만 가끔은 진짜도 있기 마련이다.

그런데 거기에 생각보다 관심을 끄는 이야기가 있었다.

"국정원 내부에 빨갱이 녀석이 있다고?"

"네. 확실한 증거는 아닙니다만 북한의 지령을 받고 움직이는 녀석이 적지 않다는 이야기가 있습니다."

"하지만 국정원이잖나? 그 녀석들이 그렇게 호락호락한 놈들이 아닌데?"

"글쎄요. 국정원이라고 하지만 신분 세탁을 모조리 막지는 못하지 않습니까?"

"흠."

국정원에 들어가기 위해서는 자신뿐만 아니라 아버지와 할아버지, 심지어 친척들까지 신분 조사를 한다.

국가적으로 예민한 문제에 개입하는 조직인 만큼 혹시나 모를 사고를 대비하기 위해서다.

“하지만 들어와서 변절하는 건 어쩔 수 없습니다. 더군다나 그런 사건이 없었던 것도 아니구요.”

“하긴, 그렇지.”

국정원은 국가조직이지만 제대로 통제되지 않는 조직이다.

사실상 국정원은 특정 정당의 사조직으로 운영되고 있다 보니 국가의 충성심이니 하는 것보다는 특정 정당의 이익과 이권에 더 예민하게 움직이는 상황이었다.

‘그런데 조직이 조직원이 부패하지 않기를 바라는 건 말도 안 되는 소리지.’

실제로 정부에서는 인정하지 않지만 국정원 내부에서도 돈을 받고 기밀을 팔아먹은 사례는 없지 않다.

“하지만 북한이라니.”

“어차피 돈을 받는 거라면 어디든 상관없다는 뜻이겠지요.”

하지만 다른 나라도 아닌 북한이라면 이야기는 달라진다.

기존에 밝혀진 곳은 미국과 일본 등 일단은 우방국으로 분류되는 곳들이었다.

그래서 그들의 압력 때문에 해직 처리로 끝나는 정도였다.

그런데 북한은 누가 봐도 적성국이다.

"정보의 출처는?"

"지라시라는 게……."

애초에 지라시는 소문을 정리하는 것뿐이다.

"누군지 알 수 없다 이거군."

"네."

"흠……."

국방부 장관은 묘한 관심을 보였다.

'한 방 먹일 수 있는 기회일지도 모르겠군.'

지난번 사건 이후에 국방부는 말 그대로 영혼까지 털렸다.

노형진이 성화에게 한 방 먹이기 위해 시작한 군납 비리 털기 사건 때 군납 비리가 의심되는 사람들은 줄줄이 국정원으로 끌려갔는데, 그 과정에서 수많은 장성들과 장교들이 옷을 벗어야 했다.

'그날 이후에 우리를 아주 쥐 잡듯이 잡았지. 개새끼들.'

국방부와 국정원은 사이가 안 좋다.

그럴 수밖에 없다.

국정원은 정보를 취급하고 국방부는 병력을 다룬다.

그런데 국방부에서 병력을 움직이고 작전을 짜려면 국정원이 정보를 줘야 하는데, 그들은 언제나 기밀이라는 이유로 정보를 주지 않는다.

정보가 권력인 시대인 만큼 권력을 독점할 목적인 것이다.

그리고 지난번 사태 때 자신들을 밟아 놓기 위해 진짜 이

잡듯이 장군들을 잡아 댔다.

"국정원에서는 아직 모르나?"

"알지 싶습니다."

"그렇겠지. 그리고 그걸 감추고 싶겠지."

역습할 수 있는 기회다.

국방부 장관은 마음이 급해졌다.

"그쪽으로 파고들어 이번에는 우리가 국정원을 친다."

그는 이를 박박 갈기 시작했다.

"얼레?"

노형진은 의외의 사태에 당황했다.

이건 자신이 전혀 예상하지 못했던 사태였던 것이다.

"이게 어떻게 된 건가?"

"글쎄요?"

처음 목적은 조작된 정보를 슬쩍 흘려서 서승범의 목을 쳐 버린 뒤에 사건을 정상적으로 해결하는 쪽으로 가려고 했다.

그런데 정작 움직인 건 국방부 정보 부서였고, 국정원 정보 팀은 그 소문에 대응하지 못하고 있었다.

정확하게는 대응을 못하는 게 아니라 '설마.'라는 식으로 대응하지 않고 있었다.

'쩝…… 이번 정권에서 국정원이 자기 힘을 잃어버렸다고 하더니…….'

노형진은 회귀 전 있었던 논평이 생각났다.

이번 정권은 국정원의 감시 부분을 포기하고 오로지 현 정권의 반대파에만 집중하다 보니 해외 정보 라인이 거의 소멸되었다고 했다.

담당자들을 모조리 국내 감시로 돌리면서 정보 라인이 통째로 날아간 것이다.

그 당시에는 '설마.'라고 생각했는데 벌어지는 꼴을 보니 설마가 사람 잡는다는 생각이 든 것이다.

"이건 예상하고는 다른데요?"

증거를 조작해 놔서 모든 것이 다 한선미와 연결되게 해 놨다. 그러니 한선미를 파게 되면 서승범이 나오고, 서승범이 걸리면 그가 저지른 일이 드러나게 된다.

거기에 북한이라는 존재를 연결시켜 두었으니 아무리 국정원이라 해도 그냥 넘어갈 수 있을 리 없다.

'아니, 이래서는 애써 중국으로 계좌를 돌린 이유가 없잖아?'

노형진은 한선미가 돈을 받은 것처럼 하기 위해 첫 출발지를 중국으로 삼았다.

실제로도 간첩들이 중국발 계좌로 돈을 받으니까.

물론 금전적 손해는 없다.

그렇게 돌리고 돌린 계좌는 이미 현금으로 회수된 상황.

아마도 외부에 보이는 것은 그 현금을 빼낸 것이 한선미로 보일 것이다.

'그런데 설마 계좌 추적도 못하는 거야?'

물론 네 군데나 계좌를 돌렸으니 쉽게 찾을 수 없다는 건 이해했지만, 아무리 그래도 국정원은 대한민국 대표 정보기관이다.

그런데 그 계좌 하나도 추적하지 못하다니.

'기가 막히는군.'

생각지도 못한 일에 입맛을 쩝쩝거리는 노형진.

그걸 보고 있던 송정한은 한숨만 나왔다.

"이건 계획하고 다른데?"

"그러게요."

어차피 재판해 봐야 서승범이 있는 이상 의미가 없어서 그만 간단하게 찍어 내고 끝내려고 했다.

그런데 정작 찾기를 원한 국정원은 바닥을 헤매고 있고, 추적해 오는 자들은 국정원이 아니라 국방부 정보 사령부였다.

"어쩌지? 지금이라도 발을 뺄까?"

"그렇게 되면…… 일이 좀 커질 텐데요."

"그렇다고 우리가 연관되어 있다고 볼 수는 없지 않은가?"

"흠……."

노형진은 고개를 끄덕거렸다.

자신들이 노린 건 자정작용이지, 전쟁이 아니다.

당연히 노형진의 입장에서는 손을 털 수밖에 없다.

"혹시 문제는 안 되겠습니까?"

노형진은 고문학을 바라보았다.

고문학은 어깨를 으쓱했다.

"삼중으로 안전장치를 했으니 안 될 겁니다."

중국에 계좌를 개설한 사람은 현지에서 고용한 조선족이다. 그리고 그를 고용한 사람 역시 조선족인데, 이 사람 또한 인터넷으로 또 다른 조선족으로 통해 고용한 것이다.

즉, 아무리 날고뛰어도 지금 발을 뺀다면 자신들이 엮일 가능성은 전혀 없다고 봐도 무방하다.

"하지만 찝찝하기는 한데."

"잘못하면 사이에 낄 수도 있네."

노형진은 고개를 끄덕거렸다.

국방부 정보 사령부에서 끼어들면 자신들은 곤란해진다.

"손 털죠."

노형진은 어깨를 으쓱했다.

그리고 그런 그의 결정은 두 집단의 전쟁으로 퍼지고 있었다.

⚖

"으악!"

서승범은 두건을 쓰고 끌려와서는 바닥을 나뒹굴었다.

"뭐야, 이 새끼들아! 내가 누군지 알아!"

“알지, 빨갱이 새끼.”

“뭐라고, 이 새끼야! 나 국정원 요원이야! 국정원 요원! 알아!”

화를 버럭버럭 내는 서승범.

그러나 누군지 알 수 없는 어둠의 존재는 그런 서승범에게 비웃음만 날릴 뿐이었다.

“지랄한다. 너 같은 새끼가 있는 걸 보니 국정원도 갈 때까지 갔구먼.”

“뭐라고?”

“안 그래, 이 빨갱이 새끼야?”

국정원은 스파이 조직이다.

만일 누군가에게 잡혀가면 자신이 누군지 그리고 어떤 정보를 아는지 말하는 게 절대 금지되어 있다.

그런데 서승범은 자신이 국정원 요원이라면서 마구 겁주고 있는 것이다.

그가 외부에 드러난 화이트 요원이라고 할지라도 해서는 안 되는 행동인 것이다.

“아주 지랄한다.”

강한 빛이 서승범을 내리쬐고 있었기 때문에 그는 그 너머에 있는 사람의 얼굴을 볼 수가 없었다.

“빨갱이들이랑 붙어 먹고 뭐? 국정원? 지랄.”

“뭔 개소리야!”

“아니라고 말해 봐.”

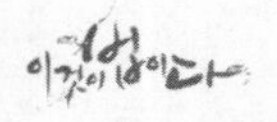

"아니, 무슨 말을 하는……."

항의하려던 그는 자신처럼 바닥을 나뒹구는 여자를 보고는 얼어붙었다.

그럴 수밖에 없는 게 두건을 쓰고 있어서 얼굴을 볼 수 없었지만 그 사람이 누군지 알 수 있었기 때문이다.

"선미야!"

"읍읍!"

황급하게 달려가서 두건을 벗기자 드러나는 그녀의 얼굴.

그걸 본 그는 일이 잘못되었다는 느낌이 강하게 들었다.

"국정원에 있다가 공금횡령하고 그년하고 붙어먹는 놈이라……. 나라를 빨갱이한테 팔아먹는 놈들치고는 아주 완벽한 조합이야."

"뭐라고? 뭔 개소리야!"

"개소리가 아니지. 이미 드러났어, 이 새끼들아!"

국방부 정보 사령부에서는 이미 그들의 뒤를 캐낸 상태였다.

조사 결과, 출처를 알 수 없는 돈 2억이 자금 세탁을 거쳐서 한선미의 계좌로 들어왔다.

그리고 서승범은 그런 한선미와 밀접한 행동을 보이면서 지내 왔다.

지난번에도 같이한 걸로 보이는 행동을 보였으니 이제 그게 뭔지는 알아낼 차례였다.

"너희들, 국정원에서 가만히 두고 볼 것 같아!"

"알지. 그러니까 빨갱이 때려잡아야지."

서승범과 한선미의 얼굴이 사색이 되기 시작했다.

"국정원장."

"네, 총리님."

"이거 어쩔 건가?"

"……."

"일전에도 군 내부에 북한군 첩자가 있다는 일 때문에 난리가 났지. 그게 채 몇 년이 지나지도 않았어. 그런데 이런 소리가 들려야겠어?"

"……."

국정원장은 아무런 말도 할 수가 없었다.

그럴 수밖에 없는 게 그의 눈앞에 있는 보고서는 자신들의 치명적인 약점이었기 때문이다.

"그건…… 개인적인 일탈로……."

"개인적인 일탈? 지금 정체를 알 수 없는 자금을 2억이나 받은 작자들이 개인적인 일탈이라고 생각하나? 그것도 중국에서?"

"그게…… 저희가 조사하면 그게 어떻게 된 건지 알 수 있다고 생각합니다만……."

땀을 뻘뻘 흘리는 국정원장.

하지만 총리는 비웃음이 흘러나왔다.

"지금 그걸 말이라고 하나?"

"네?"

"자네, 이 보고서를 보기는 했나?"

결국 한선미와 서승범은 자신들의 관계와 자신들이 돈을 횡령한 것과 과거에 살인 사건을 조작한 것에 대해 모조리 불 수밖에 없었다.

아무리 국정원 출신이라고 하지만 한선미는 원래 행정을 하던 사람인 데다가 그만둔 지 오래였고, 서승범 역시 화이트 요원이 되면서 공식적인 행사에만 다니는 일종의 얼굴마담 노릇을 해서 국방부의 취조를 버틸 수 없었던 것이다.

"두 요원이 붙어먹고, 거기에다가 공금횡령하고 살인을 조작하고……. 하아, 도대체 국정원이 어쩌다가 이렇게 된 건가?"

'젠장…….'

국정원은 무소불휘의 권력을 휘두른다. 그렇다 보니 일탈하는 사람들이 적지 않다.

하지만 이번은 상황이 좋지 않다.

다른 곳도 아니고 국정원이라면 이를 박박 갈고 있는 국방부에 걸려 버린 것이다.

"이 사태를 어떻게 해결할 건가? 더군다나 당장 그들은 북한으로 의심되는 집단으로부터 2억이나 받았네. 그리고 그 자금은 씻은 듯이 사라졌고. 그 인간들의 전적을 생각하면 나라를 북한에 팔아먹었다고 해도 이상하지 않아"

"그럴 리 없습니다! 그들은 자랑스러운 국정원 요원들입니다! 그럴 리가 없습니다!"

"횡령하고 사건을 조작한 걸 보고도 그런 말이 나오나? 거기에 자네 목을 걸 수 있겠나?"

"……."

당연히 자기 목을 걸 수는 없다.

부하 때문에 자신이 죽을 수는 없는 것이다.

국정원장은 아무런 말도 할 수가 없었다.

"이번에 조용히 감사가 진행될 걸세."

"총리님! 국정원은 역사 이래로 한 번도 감사를 받은 적이 없습니다!"

"그래서 조용히라고 하지 않았나! 공식적으로는 없는 감사야."

"하지만……!"

"하지만이고 자시고 자네는 확신할 수 있나, 국정원이 깨끗하다고?"

"크윽……."

국정원장은 아무런 말도 할 수가 없었다.

국정원은 부패했다. 자신이 가장 잘 안다.

현재 정권에 충성하고 특정 정당을 위해 일하고 있다는 것 자체가 부패의 증거다.

"더군다나 북한이야! 북한! 이게 새어 나가면 어떻게 될지 알아! 엉!"

"……."

"거기에다 지금 국정원이 얼마나 예민한 곳인지 알고나 있나!"

"……."

얼마 전 군대를 털을 때도 실제로 북한이 심어 둔 간첩이 있었다.

심지어 장군들 사이에서도 두 명이나 나왔다.

그들은 북한에서 공여되는 막대한 뇌물을 상부에 줌으로써 장군의 자리까지 올라갔다.

실력이 아니라 돈으로 장군직을 거래하게 되면서 그게 가능해진 것이다.

"하물며 국방부는 그래도 감사를 받은 기록이라도 있지. 애초에 국정원은 제대로 감사받은 적도 없지 않나?"

그렇다고 국정원이 돈이 통하지 않는 곳도 아니다.

"……."

"공식적으로 기록은 남지 않을 걸세. 하지만 이번에 정리는 해야 해."

국정원에 간첩이 있는 건 국방부와 그 중요도에서 다르다.

국방부는 간첩이 있어 봐야 군 기밀 중 일부를 빼돌리거나 군사 장비를 파괴하는 정도겠지만, 국방부에 간첩이 있는 경우에는 엉뚱한 정보가 들어오면 작전 자체가 뒤집히거나 국가 기밀이 새어 나갈 수도 있다.

"하지만 총리님, 그럴 순 없습니다. 국정원이 어떤 덴데……."

"그러면 싸울 건가? 국방부가 그냥 넘어가겠나? 안 그래도 지금 그걸 핑계로 입 다물게 만들었는데?"

국정원장은 '억.' 하는 표정으로 변했다.

"국방부에서 까발린다는 걸 지금 비밀리에 감사하는 조건으로 입 다물게 하고 있네. 그런데 만일 하지 않는다고 하면? 그래서 까발려지면? 그 후폭풍은 자네가 책임질 건가?"

"……."

책임질 수가 없다.

안 그래도 국방부 내부에까지 파고든 간첩들 때문에 문제가 많았다.

그런데 국방부에서 국정원 내부에 간첩이 의심된다고 까발린 상태에서 국정원이 그걸 받아들이지 않는다면 누가 납득하겠는가?

그때는 대대적으로 감사에 들어가 피바람이 불 것이다.

"난 자네 부하들을 믿네."

총리는 그렇게 말하고 있었지만 국정원장은 그저 속으로 나오는 말을 집어삼킬 뿐이었다.

'저는 못 믿겠습니다.'

하지만 고개를 끄덕거리는 것 말고는 그로서는 할 수 있는 게 없었다.

⚖

"헐?"

얼마 뒤 노형진은 당혹스러운 뉴스를 접하면서 멘붕이 왔다.

"이게 무슨 일이란 말인가?"

"그러게 말입니다."

"노 변호사는 이런 거 예상이나 했나?"

"했겠습니까?"

말 그대로 대한민국이 발칵 뒤집혔다.

국정원 요원 몇 명이 망명한 것이다.

그나마 미국이나 일본 등 우방국으로 망명한 사람들은 둘째치고 중국, 심지어 북한으로 망명한 사람까지 있었다.

"난리가 났군."

"국정원 내부에서 비밀리에 감사한다더니 그게 터진 모양입니다."

그동안 각 나라에 국가 기밀을 팔아먹던 그들로서는 감사하는 순간 발각될 수밖에 없었기에 국가 기밀을 들고 다른 나라로 망명해 버린 것이다.

"이거, 일이 심각해졌는데."

당연히 그들이 망명한 나라는 일전에 거래하던 나라였고,

정부에서는 게거품을 물었다.

다른 나라야 그렇다고 쳐도 중국은 명백한 공산주의 국가이며 북한은 적성국이기 때문이다.

즉, 그곳으로 간 놈들은 중국과 북한에 국가 기밀을 팔아먹던 놈들인 것이다.

"그걸 해외 토픽으로 봐야 하는 우리나라도 참……."

김성식은 씁쓸한 얼굴이 되었다.

그럴 수밖에 없는 게 이 소식을 국내 뉴스가 아닌 해외 뉴스로 확인했기 때문이다.

벌써 국내 뉴스는 통제되고 있는 상황.

하지만 그렇다고 해도 한계는 있었다.

"북한 놈들 신났네요."

현직 국정원 요원이 북한으로 망명했다.

그런데 북한의 조선노동당TV가 연일 그에 대해 다루면서 망명 사실이 드러났고, 그걸 본 기자들이 파고들어 보니 북한뿐만 아니라 다른 나라들에도 망명한 사람이 있었던 것이다.

"사건이 까발려진 건 좋은데……."

노형진은 그 틈을 놓치지 않고 서승범이 저지른 일을 까발렸다.

기밀를 팔아먹은 것만으로도 모자라서 요원끼리 불륜을 저지르고, 그 사이에서 낳은 자식을 위해 사건을 조작했다는 사실이 드러나자 대한민국은 발칵 뒤집혔다.

"이렇게 일이 커질 거라고는 생각도 못 했는데요."
국민과 야당 국회의원들은 국정원에 감사받아야 한다고 거품을 물고 있었지만, 집권 여당과 정부에서는 보안이라는 이유로 절대 안 된다고 싸웠다.
감사하는 순간 국정원이 야당을 비롯한 반대파에 감시와 숙청 작업을 한 게 드러나기 때문이다.
"당분간은 조용하기는 글렀군요."
김성식이 송정한을 바라보면서 그렇게 말했다.
송정한은 한숨을 푹 쉬었다.
"너무 일이 크게 된 거 아닌가? 단순히 통장 하나 조작한 것치고는 일이 너무 커지는데?"
"음……."
맞는 말이다.
노형진이 한 거라고는 걸려서 직장이나 잃으라고 간단하게 통장 조작을 한 것뿐이다.
그런데 세상이 엉뚱하게 돌아가기 시작한 것이다.
"어쩔 수 없죠, 뭐."
노형진이 아무렇지도 않게 어깨를 으쓱하자 송정한과 김성식은 어이없다는 표정이 되었다.
"우리가 뭘 원한 것도 아니고. 그리고 이러한 행동이 과연 국가에 해를 끼친 걸까요? 그건 아니잖습니까?"
"그건 그렇지만…… 솔직히 조작은 좀…… 걱정스럽네."

송정한의 말에 노형진은 고개를 흔들었다.

"그런데 조작하지 않았으면 우리가 기회나 잡을 수 있었을까요?"

"으음……."

송정한은 아무런 말도 할 수가 없었다.

"이건 저쪽에서 흔하게 쓰는 방법입니다. 국정원을 왜 조작원이라고 하는지 아시잖습니까?"

"그건 그렇지."

"하여간 우리는 이기면 된 겁니다. 자기들이 부른 폭풍이니 직접 해결하라고 하세요."

언론에 조작 사실이 공표된 후 정부의 대응은 빨랐다.

최소 3개월은 기다려야 했던 재심이 갑자기 닷새 만에 열리더니 박판성이 무죄로 풀려난 것이다.

수년간 아무리 소리 지르고 주장해도 들은 척하지 않던 모습과는 전혀 다르게 빠르게 움직이는 그들의 모습은 놀라울 정도였다.

'정치적으로 부담되겠지.'

가뜩이나 국정원이라는 존재가 부담스러운 존재가 된 상황에서 이런 재판으로 부담을 가중하고 싶지 않았을 것이다.

"뭐, 국가에 대한 손해배상이 남아 있기는 하지만 그것도 조만간 끝날 겁니다."

길게 끄느니 차라리 돈 얼마 주고 끝내는 게 정부의 입장에서는 훨씬 속 편한 일이다.

그러니 그들로서는 어쩔 수 없는 선택이리라.

"뭐, 다행이라면 다행인데."

송정한은 단순히 시작된 사건이 생각지도 못한 혼란을 불러오자 걱정이 태산이었다.

노형진은 그런 송정한을 안심시켰다.

"지금 상황에서 걱정해야 하는 것은 우리가 아닌 다른 사람입니다."

"다른 사람?"

"네."

"그게 무슨 말인가?"

"뭐, 모르셔도 됩니다. 어차피 우리가 그들에게 해 줄 수 있는 것은 없으니까요."

노형진은 그렇게 말하면서 해가 지는 바깥을 멍하니 바라볼 뿐이었다.

⚖

"푸하!"

서승범은 두건이 벗겨지는 걸 느끼면서 길게 심호흡했다.

"젠장……."

벌써 두 번째다.

지난번에는 국방부에 잡혀가더니 이번에는 황당하게도 국정원이다. 그것도 자신이 가르치고 자신이 훈련시킨 후배들에게 잡혀 온 것이다.

"너 이 새끼야! 이러고도 무사할 줄 알아!"

"선배님, 장난질이 너무 크셨습니다."

후배들의 눈빛은 그의 말에 전혀 굴복하지 않고 있었다.

그 증거로 그들의 눈빛은 당장이라도 그를 씹어 먹을 듯한 얼굴이었다.

"너, 너, 너…… 위에서 이러는 거 알아?"

"훗."

그 순간 후배의 얼굴에 스치고 지나가는 차가운 비웃음.

그 의미를 알아챈 서승범은 자신도 모르게 부르르 떨었다.

'팽 당했구나.'

조직 내에서 '팽'이라는 것은 단순히 퇴직이 아니다.

일종의 처분이다.

그리고 그 처분은 그다지 좋지 못하다.

"읍읍!"

그 순간 그의 옆에 태워지는 한 여자.

서승범은 그녀를 보고 얼굴이 사색이 되었다.

"서…… 선미야."

"읍……."

"뭐, 두 분 사랑이 그렇게 남다르셨으니 기왕 가시는 거

함께 가게 해 드리라는 말씀입니다."

"자…… 잠깐만……! 한 번만 봐주게! 제발 한 번만……! 다시는 한국으로 들어오지도 않을 테니……!"

"그래서 북한에 가시려고요? 그 북한에 간 빨갱이 새끼 때문에 우리가 지금 얼마나 곤란해졌는지 아십니까?"

"내 말은 그게 아니라……!"

"더 이상 말하기 싫습니다."

"살려 줘요! 살려 줘요……!"

어떻게든 설득하려는 서승범과 살려 달라고 비는 한선미.

하지만 요원들은 그들을 태우고 으슥한 차량을 향했다.

그리고 그들의 입에 하얀색 손수건을 올려놨다.

"으읍!"

"읍읍!"

그게 무슨 뜻인지 알아챈 두 사람은 발악하기 시작했다.

그러나 강력한 수면제를 그들이 이길 수는 없는 법.

결국 그들은 그대로 고개를 떨구고 잠들고 말았다.

"움직여."

요원들은 미리 준비한 곳으로 그들을 데리고 가서 준비된 렌터카에 그들을 태웠다.

그리고 그들의 두 손을 맞잡게 하고는 뒷좌석에다가 번개탄을 하나 올려놨다.

"가자."

순식간에 벌어진 일이라 흔적도 남지 않은 그곳에서 나오면서 한 요원이 투덜거렸다.

"자식 놈은 왜 가만두는 겁니까?"

"자식까지 죽으면 사건을 덮기 힘들어져. 일단 그 녀석은 살인죄에 관한 처벌이 시작되면 그때 사고사로 처리하는 게 나아."

"그런가요?"

"그래. 지금 두 연놈이 조작질한 거 덮느라고 얼마나 시끄러운지 알아?"

더군다나 해외로 망명해 버린 배신자들이 가지고 간 정보를 어떻게 해서든 대체하기 위해 국정원 내부는 말 그대로 난리가 난 상황.

"쓸데없이 그 녀석이 죽어 버리면 국민들이 뭐라고 하겠냐? 일단 국민들의 시선을 쏠리게 하기 위해서라도 그 녀석은 살려 둬야 해. 그래 봤자 얼마 못 살겠지만."

"네, 팀장님."

그들은 천천히 그곳을 떠났다.

⚖

다음 날, 메인 뉴스를 통해 그들의 비극적인 사건이 전국으로 퍼졌다.

-어젯밤 택시 운전기사 살인 사건을 조작한 서 모 씨와 한 모 씨가 렌트한 차량 안에서 변사체로 발견되었습니다. 경찰에서는 이번 사건을 조작한 사실이 드러나고 난 후 수사받던 그들이 정신적 압박을 이기지 못하고 자살을 선택한 것으로 보고 있습니다. 차량 내부에서는 이들이 피운 것으로 보이는 번개탄과……(중략)……한편 이들의 아들인 이철식은 어젯밤 갑작스럽게 구속되어……(중략)……한 집안의 비극이…….

그렇게 그들의 비극적 삶은 조용히 역사에서 사라져 갔다.

악플도 관심이다?

"거참, 대단하다고 해야 하나요?"

"정부라는 게 그렇지, 뭐."

갑자기 어느 순간 모든 관련 뉴스가 사라졌다.

국정원의 부패와 감사를 연일 떠들던 언론도, 살인 사건을 파고들던 언론사도 모두 갑자기 꿀 먹은 벙어리처럼 입을 다문 것이다.

"안 봐도 뻔하지만."

노형진은 왜 그런지 모르지는 않았다.

정부에서 상당한 압력이 행사될 거라는 것은 누구나 예상하던 일이었다.

"그렇다고 이렇게 순식간에 모든 언론사가 입을 다물다니."

“세력이라는 게 그런 겁니다.”

하지만 인터넷은?

분명히 인터넷 언론사는 현 정부와 그다지 사이가 좋지 않다. 그런데 그쪽도 이야기하지 않는 것이다.

“뭐, 어쩔 수 없을 겁니다. 그들의 입장에서도 더 이상 정부를 자극하는 건 위험한 행동이니까요.”

“하긴…….”

현 정부는 절대 선의로 움직이는 곳이 아니다.

목표가 정해지면 무조건 해야 하는 곳이다.

그리고 그 목표를 정하는 것은 다름 아닌 현 대통령이다.

“오더가 떨어졌으니 입을 다물어야지요.”

위에서 명령은 나왔으니 언론의 입장에서는 무척이나 조심할 수밖에 없다.

“애초에 그렇게 쉽게 청소될 거라면 나라가 이 꼴이 되지도 않았습니다.”

“참…… 현실이라는 건 씁쓸하군그래.”

어찌 보면 지금이야말로 깨끗하게 정화될 수 있는 기회였다.

하지만 정부에서는 정화보다는 은폐를 선택한 것이다.

“그래도 우리 사건은 해결되지 않았습니까?”

“그건 그렇지.”

이철식은 살인죄로 15년 형을 선고받았다.

그리고 의뢰자인 박판성은 풀려났다.

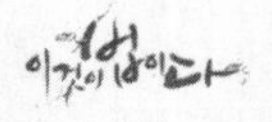

자신들의 최종 목적은 이룬 셈이다.

그 나머지 것은 부수적인 것이니까 그다지 연연하지 않아도 된다.

"뭐, 두 사람이 죽은 건 안타까운 일입니다만……."

노형진은 더 이상 이야기하지 않았다.

그들의 죽음이 석연치 않다는 건 누구나 다 아는 사실이다.

하지만 더 이상 말해 봐야 아무런 의미도 없다.

그들의 억울함을 풀어 줄 사람은 없으니까.

그때였다.

띠리링.

벨소리가 열심히 울리자 노형진은 무심결에 그 전화기를 받아 들었다.

"네, 노형진입니다."

상대방이 무슨 이야기를 하는 건지 모르지만 노형진은 한참 동안 아무런 말도 하지 않고 조용히 그 이야기를 듣고만 있었다.

하지만 시간이 지날수록 노형진의 얼굴은 사정없이 구겨졌다.

"알겠습니다. 바로 가지요."

노형진은 전화를 끊고 자리에서 바로 일어났다.

"무슨 일인가?"

"잠깐 휴가를 내주셔야겠습니다. 개인적인 사건이 좀 있습니다.”

“개인적인 사건?”

송정한은 고개를 갸웃했다.

새론에 속한 그가 개인적으로 의뢰를 받아들이는 경우는 드물다. 그렇다는 것은 무언가 아주 중요한 사건이 터졌다는 소리다.

“무슨 일인가?”

“개인적인 사건입니다.”

“자네에게는 개인적인 일일지 모르지만 자네와 우리는 공동체일세. 자네에게 도움이 필요하다면 우리도 움직여야지.”

송정한은 나지막하게 말하면서 노형진을 진정시켰다.

“자네, 지금 무척이나 흥분한 상태야. 아나?”

“…….”

흥분하는 경우가 거의 없는 그가 흥분할 정도면 상당히 큰 건이거나 지극히 개인적인 사건이라는 뜻이다.

그렇기 때문에 송정한은 걱정되었다. 어느 쪽이든 쉽지 않은 일이기 때문이다.

“자네에게 무슨 일이 있는지 모르지만 의뢰란 의뢰인에게 최선의 결과가 나올 수 있게 해 줘야 하는 거 아닌가? 설마 자네 사건에 우리가 방해될 거라 생각하나?”

“하아.”

노형진은 한숨을 내쉬면서 애써 마음을 진정시켰다. 그리

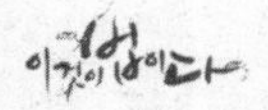

고 천천히 입을 열었다.

"수련이가 자살을 시도했답니다."

"수련이?"

수련이라는 말에 고개를 갸웃하던 송정한은 자신이 아는 사람이 한 명뿐이라는 사실을 알고 입을 쩍 벌렸다.

"수련이? 강수련 말인가?"

"네."

"아니, 왜! 그 애가 왜 자살을 시도한단 말인가!"

강수련은 노형진과 새론이 만민구원회에서 꺼내 준 아이였다.

만민구원회의 내부 규칙에 따라서 상위 신도에게 팔려 나가다시피 해서 결혼할 뻔한 그녀는 용기 있게 새론에 도움을 요청했는데, 그건 자신을 비롯해서 비슷한 처지에 있는 아이들을 구하는 결정적인 기회가 되었다.

"그 애가 왜? 얼마 전까지 잘 살고 있다고 연락해 왔는데……."

그 사건 당시 연기력이 뛰어나다는 사실을 알아챈 그 아이를 연예 기획사에서 데려가면서 그 아이의 인생은 바뀌었다.

그런데 갑자기 자살을 시도했다는 소식이 들린 것이다.

"저도 잘 모르겠습니다. 일단은 병원에 가 볼 생각입니다."

"같이 가세."

"송 대표님도요?"

"그 사건 때 우리가 얼마나 도움을 받았나? 이건 말도 안 되는 소리일세. 그 애가 자살이라니!"

얼마나 심지가 굳은 아이인가?

그 아이는 스스로 바깥으로 나올 만큼 심지가 굳고 강한 아이였다.

그런 아이가 자살을 한다?

그건 일이 잘못되어도 아주 크게 잘못되었다는 뜻이다.

"상황은?"

"저도 가 봐야 알 것 같습니다."

"같이 가세."

"그러시죠."

송정한은 황급하게 자신의 외투를 찾아 입었다.

그 뒤, 노형진과 함께 병원으로 바로 달려갔다.

그곳에는 벌써 수많은 기자들과 경찰들이 와 있었다.

"여깁니다!"

그 혼란 속에서 노형진을 찾는 목소리에 노형진이 고개를 돌려 보자 거기에는 강수련을 데려간 소속사의 사장인 천문광이 서 있었다.

"소속사 사장이다!"

"한마디만 해 주세요!"

그가 나타나자 달라붙는 기자들.

하지만 천문광은 길게 말하지 않고 노형진과 송정한을 데리고 안으로 황급하게 들어갔다.

"죄송합니다. 어디서 새어 나간 건지 기자들이……."

"그건 흔하게 벌어지는 일이니 신경 쓰지 맙시다. 수련이는 어떻습니까?"

노형진은 천문광에게 다급하게 물어봤다.

"일단 목숨은 건졌습니다. 현재는 위세척을 하고 잠든 상태입니다."

"위세척?"

"네, 수면 유도제를 무려 이백 알이나 먹었습니다."

"허……."

수면제는 의사의 처방이 없으면 구할 수 없지만 수면 유도제는 없어도 구할 수 있다.

물론 그만큼 효과가 약하지만 이백 알이면 위험한 수치다.

그리고 약을 이백 알을 먹는다는 것은 무척이나 독하게 마음을 먹었다는 뜻이기도 했다.

"도대체 어떻게 된 겁니까? 수련이가 얼마나 심지가 굳은 아이인데 자살을 해요! 당신, 뭐 이상한 짓 시킨 거 아냐?"

송정한은 발끈하면서 천문광에게 화를 냈다.

아무리 자신과 이제 관련이 없다고는 하지만 딸 같은 아이라서 신경을 많이 써 주었던 송정한으로서는 너무 놀라서 손이 바들바들 떨릴 지경이었다.

"절대 아닙니다. 그럴 리가요."

천문광은 절레절레 고개를 흔들었다.

한국엔터테인먼트조합에서는 소위 말하는 이상한 짓, 그러니까 성 상납 같은 것을 철저하게 막는다.

그게 가장 큰 장점인데 그럴 수 있을 리가 없다.

"그런데 왜 그 애가 자살하는데?"

"요 근래에 협박 아닌 협박을 받아서……."

"협박 아닌 협박?"

"협박이면 협박이지, 협박 아닌 협박은 뭔가?"

발끈하면서 화내는 송정한.

노형진도 무슨 말도 안 되는 소리인가 하는 얼굴로 천문광을 바라보았다.

천문광은 기가 막히다는 얼굴로 고개를 흔들었다.

"택배로 피 묻은 칼이 오거나 혈서가 오거나 쥐나 고양이 시체를 가져다 두거나 아주…… 별의별 사건이 많았습니다. 수련이의 입장에서는 버티기 힘들었을 겁니다."

"뭐라고?"

"그런 일이 있었다고요?"

송정한과 노형진은 기가 막혀서 말이 나오지 않았다.

"아니, 왜 그런 일이 벌어진 겁니까?"

"안티 팬이라고 해야 하나요? 아니…… 안티도 아니죠. 이건 그냥 죽으라는 겁니다, 하아."

깊은 한숨을 쉬는 천문광을 보면서 노형진은 자신이 모르는 사이에 무슨 일이 벌어졌다는 사실을 알아차렸다.

"뭐, 수련이가 큰 실수를 했습니까?"

"실수라면 실수이기는 한데…… 이런 꼴 당할 정도는 아닙니다."

"무슨 일인데요?"

"열애설이 터졌습니다."

"엥?"

"열애설?"

열애설은 눈만 뜨면 터지는 게 열애설이다.

그런데 그걸로 그렇게 괴롭힌다는 게 노형진으로서는 이해가 가지 않았다.

"그런 거야 흔하잖아요?"

강수련은 나이는 어리지만 장래가 촉망받는 배우다.

이름처럼 수려한 외모와 사람들을 구하기 위해 스스로 나섰다는 영웅적 이미지를 가지고 있는 데다가 연기력도 뛰어나기 때문이다.

당연히 이런 열애설이 나는 건 흔한 일이다.

애초에 연예계 활동을 하면서 열애설이 안 나는 사람이 어디에 있겠는가?

"이번에는 좀 심각했습니다."

"뭐가요?"

"대상이 DD409거든요."

"뭐야, 그건? 무슨 부품이야?"

송정한은 처음 듣는다는 듯 고개를 갸웃했다.

그건 노형진도 마찬가지였다.

아무리 연예 기획사의 대표 변호사 노릇을 함께하고 있다고 하지만 사실 그쪽은 거의 신경을 쓰지 않는다.

애초에 쓸 시간이 없다. 방송을 볼 시간이 없는데 어떻게 연예계의 사람들을 알겠는가?

"DD409라는 게 뭡니까?"

그러자 어이가 없다는 표정이 되는 천문광.

"진짜 모르십니까?"

"그다지 관심을 가질 시간이 없어서요."

"DD409는 남자 아이돌 그룹입니다."

그렇다면 흔하게 열애설이 날 만한 일이다.

노형진이 겪어 본 기자들 중 제대로 취재하는 사람들은 극히 드물다.

대부분 남의 기사를 베끼며, 부족하다고 생각되면 적당히 소설로 채워 넣을 뿐이다.

그리고 그런 경향은 연예 쪽이 무척이나 심한 편이다.

그렇다 보니 열애설은 심심하면 튀어나오는 소설 중 하나다.

"그런데요?"

"DD409의 팬클럽인 페가수스는 광적이다 못해 광신도적인 팬클럽으로 유명합니다. 심지어 소속사나 가수들도 통제하지 못합니다."

"설마?"

열애설이 났다는 이유로 괴롭힌단 말인가?

말도 안 되는 소리라고 생각하면서 노형진은 고개를 흔들었다. 하지만 송정한은 심각한 얼굴이 되었다.

"그래서 열애설이 난 대상에게 화를 풀어 낸다 이건가?"

"그런 것도 있죠."

"미친……. 열애설은 진짜인가?"

"그럴 리가요. 수련이는 DD409 멤버가 누군지도 몰라요. 접점도 없었고 같이 촬영한 적도 없구요."

강수련이 연예인으로 활동하고 있다고 하지만 한쪽은 가수, 한쪽은 배우로 사는 세계가 다르다 보니 그들의 이름을 잘 기억하지는 못한다고 한다.

원래 그쪽에 관심도 없는 편이고 말이다.

"그런데 그런 식으로 한다고요? 좀 과하지 싶은데요."

"이렇게 폭발적으로 늘어난 것은 열애설보다는 그 후에 언론에 한 말의 영향이 컸습니다."

"실수?"

"네."

노형진은 고개를 갸웃했다.

강수련이 그렇게 큰 실수를 할 만큼 문제가 많은 아이는 아니기 때문이다.

"뭐, 듣보잡이라고 무시하거나 그런 건가?"

"아니요. 기자한테 DD409와의 열애설은 사실이 아니라고 한 것뿐입니다."

"그런데 그게 왜 협박의 이유가 되는데?"

"하아, 이게 좀 웃긴 건데 DD409를 한글로 읽으면 어떤 발음이 되는지 아십니까?"

"그거야 디디 사백구 아닌가?"

송정한은 고개를 갸웃하면서 말했다.

그 말을 들은 천문광이 노형진을 바라보자, 노형진 역시 나름 생각하고는 천천히 읽기 시작했다.

"디디 사공구?"

"뭐, 두 분 다 맞습니다. 보통은요."

"'보통은'이라니요?"

"DD409는 '더블 디 사공구'라고 읽어야 합니다."

"뭐요?"

"아니, 이 이름 어디에 'Double'이 들어 있는데?"

송정한은 기가 막혔다.

"D가 두 번이니까 '더블 디 사공구'랍니다."

"그쪽 소속사가 그래?"

"네."

"허."

뭐, 그거야 각자 가수들의 특색이니 그렇다고 넘어갈 수도 있다. 한데 그거랑 이번 사태랑 무슨 관계란 말인가?

"그런데 수련이가 거기서 '디디 사공구'라고 읽었거든요."

"그래서요?"

"그래서 이 꼴 난 겁니다."

그 말을 들은 송정한은 뭐라고 말하지 못하고 멍하니 천문광을 바라보았다. 노형진도 어이가 없어서 말이 나오지 않았다.

'내가 변호사 노릇을 하면서 별의별 꼴을 다 봤지만…….'

소송이나 싸움은 사소한 것에서부터 시작된다.

하다못해 단돈 5만 원 때문에 민사소송을 하는 사람도 봤다.

그렇지만 돈도, 물건도 아닌 이름을 잘못 읽은 걸로 이 난리라고?

"그러니까 이름을 잘못 읽어서 찍혔다?"

"그런 거죠. 가뜩이나 열애설 때문에 찍혀 있는 상황에서요."

"장난합니까? 애초에 관심이 없으면 잘못 읽을 수도 있는 거고, 그걸 잘못 읽었다는 것 자체가 열애설이 가짜라는 증거잖습니까?"

진짜로 사귀는 사이라면 그걸 잘못 읽을 이유가 없지 않은가?

당연히 그걸 잘못 읽었다는 것 자체가 관련이 없다는 증거였다.

"그렇게 이성적으로 말이 통하면 좋지요."

"네에?"

"페가수스는 말이 안 통합니다. 이번 사건만 일으킨 게 아니에요."

"허?"

노형진은 기가 막혔다.

보아하니 한두 번 있는 게 아닌 모양이었다.

"아니, 회사에 그러면 가만둡니까? 나 같으면 뭐라고 하겠네?"

듣다 못한 송정한이 이해를 못 한다는 듯 중얼거리자 천문광은 입맛을 다셨다.

"DD409는 공식적인 팬클럽이 없습니다. 그러니까 페가수스도 결국은 흔하디흔한 팬클럽 중 하나라는 거죠."

"공식이 없다고요?"

"네, 공식으로 처리하면 이 모든 행동이 소속사 문제가 되는데 공식으로 인정하겠습니까?"

그러니까 해당 소속사는 팬클럽이라는 과실을 따 먹으면서 그 책임은 지지 않는다는 뜻이다.

"아니, 도대체 왜 이 지경이 되도록 놔둡니까?"

"네? 그거야…… 아무래도 인기가……."

노형진은 아차 싶었다.

'그렇지. 아직은 악플러에 관대한 시점이지?'

악플러들에게 끝은 없다.

그들은 어떤 핑계를 대서라도 악플을 달고 상대방을 모욕한다.

하지만 아직은 그들도 팬이라고 생각하는 문화 때문에 악

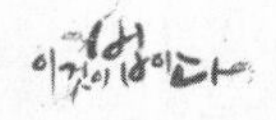

플러들에 대한 법적인 책임을 묻지 않았다.
"설마 악플러들이 용서해 주면 팬이 된다고 생각하십니까?"
노형진의 말에 두 손을 흔드는 천문광.
"그럴 리가요. 아닙니다. 하지만 대부분의 악플러들은 나이가……."
"나이가 뭐요?"
"나이가 좀 어립니다."
노형진은 피식 웃었다.
'하긴…… 아직은 촛잉이라는 말이 통할 때지.'
악플러들이 쓰는 가면. 그건 바로 '촛잉'이다.
악플러를 고발하면 어린애를 고발한다는 식으로 가면을 쓴다.
하지만 현실은 그렇지 않다.
실제 연구 결과에 따르면 악플러들은 대부분 20대에서 40대 사이다.
그들은 초딩이라는 가면을 쓰고 욕설을 하다가 불리하면 소속사가 어린애들을 고소한다고 잔뜩 겁주고 안티를 불러일으키려고 한다.
그러다 보니 소속사는 아무런 행동도 못 하는 것이다.
"천문광 씨."
"네?"
"설마 초등학생이 쥐와 고양이를 잡아서 난도질해서 보냈다고 생각하십니까?"

"……."

"진짜 그렇게 생각하세요?"

"아니요……."

"그런데 왜 어리다는 사실을 아십니까? 애초에 악플러들을 잡은 적도 없는데 왜 어리다고 판단하십니까?"

"……."

노형진은 진심으로 분노했다.

힘들게 살아온 강수련이다.

이제야 좀 자신의 생활을 찾아가는 시점이 왔는데 이런 말도 안 되는 일이 벌어진 것이다.

"아무래도 팬덤을 다 적으로 돌리는 것도 문제고……."

노형진은 화가 머리끝까지 올라왔다.

"그러면 놔요."

"네?"

"감당하지 못하겠으면 수련이랑 계약 해지하라고요. 내가 대룡엔터테인먼트로 데리고 가겠습니다."

"노 변호사님."

"소속사면 자기 소속사 연예인을 지켜야지, 왜 남의 눈치를 봅니까? 애초에 수련이 집으로 그런 소포가 간다는 것 자체가 말이 안 됩니다."

일반적으로 모든 소포는 일단 소속사를 거치는 것이 정상이다.

그렇지 않으면 팬들이 집으로 몰려갈 수도 있기 때문이다.

"도대체 어떻게 된 겁니까?"

"그거야…… 어쩌다 보니……."

"어쩌다 보니? 장난해요?"

만일 주소가 발각되었다면 당연히 다른 곳으로 옮겨야 한다.

안전을 위해 필수적인 과정이다.

그런데 '어쩌다 보니'란다.

"환자가 깨어났어요."

노형진은 일단 천문광에게 뭐라고 하는 것을 멈췄다.

"일단 수련이랑 이야기하고 두고 보겠습니다."

노형진과 송정한은 어쩔 줄 몰라 하는 천문광을 두고 병실로 들어갔다.

거기에는 강수련이 멍하니 침대에 앉아 있었다.

"수련아!"

노형진이 부르자 수련이 멍하니 고개를 돌려 그를 바라보더니 눈에서 왈칵 눈물을 쏟았다.

"아저씨……."

"그래, 괜찮아. 이제 다 끝났어."

"흑흑흑."

"쉬쉬…… 괜찮아……."

노형진은 그녀를 다독거리면서 진정시키려고 노력했다.

궁금한 게 많기는 하지만 아직은 그녀에게 안정이 필요한 시점이기 때문이다.

"괜찮아…… 괜찮아……. 내가 해결해 줄 테니까 걱정하지 마……."

그녀를 다독거리면서 노형진은 이를 악물었다.

⚖

"후우."

노형진은 그녀가 진정하는 동안 계속 병원에 있었다.

조금 진정되자 이야기를 들었는데 기가 막혀서 말이 나오지 않았다.

"그러니까 천문광이 널 전혀 보호하지 않았다는 거야?"

"네……."

강수련은 지금 한창 뜨는 배우다.

당연히 최우선 보호 대상이다.

그런데 천문광의 행동은 도를 넘었다.

"경호원도 없고 심지어 인터넷에 주소 공개라……."

경호원이 비싸다는 이유로 이 상황에서도 경호원을 배치하지 않았단다.

'그러고 보니 상황이 이런데 입구를 지키는 경호원이 없어.'

경찰도 자살 시도 사건이라 지키고 있지 않은 상황.

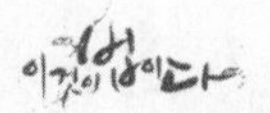

기자들을 막는 것은 병원의 직원들뿐이다.

"처음에는 소속사로 오던 선물을 귀찮으니까 직접 받으라고……."

"그래서 숙소 주소를 공개했다?"

"네."

물론 주소를 공개한 시점이 이런 일이 벌어지기 전이기는 하다.

하지만 누가 봐도 부주의한 행동이다.

만일 스토커가 죽이려고 달려들면 어쩌란 말인가?

"투자는 하지 않는 인간이군……."

송정한조차도 듣다가 기가 막혀서 말이 나오지 않았다.

"아니에요. 다른 건 투자하시는데……."

"그거야 당장 상품으로 써먹기 위해서이지."

송정한은 날카롭게 말했다.

투자에는 두 가지 종류가 있다.

하나는 상품성을 만들기 위한 투자.

다른 하나는 상품성을 지키기 위한 투자.

"천문광은 후자에는 투자를 하지 않는 모양이군요."

"알고 있네. 연예계에는 그런 녀석들이 많지."

어차피 계약 기간이 끝나면 나갈 사람이다.

그러니 최대한 성공했을 때 뽕을 뽑아야 한다는 생각에 일단 성공하고 나면 절대 돈을 쓰지 않는 것이다.

"집 주소만 봐도 그래."

일반적으로 숙소는 어느 정도 안전한 곳에 잡는 것이 보통이다.

그런데 주소지는 방송국에서도, 소속사에서도 먼 동네다. 즉, 싼 곳이라는 소리다.

"그리고 그런 녀석들의 특징은 소속 연예인을 진짜 쉴 틈 없이 돌린다는 거지. 짧은 시간 안에 돈을 뽑아야 하니까."

그렇게 말하면서 강수련을 바라보는 송정한.

자신의 말이 맞는지에 대한 확인이었다.

그러자 아무런 말도 하지 못하고 고개를 숙이는 강수련.

"빼내야겠군요."

"네? 하지만……."

"보물도 가치를 아는 놈이 가지고 있어야 빛나는 법입니다. 보물을 무슨 돌멩이 굴리듯 대하는 놈은 가지고 있어 봐야 의미가 없어요."

노형진은 선을 딱 그었다.

물론 강수련을 키워 준 것은 고맙다.

하지만 그 과정에 강수련의 노력이 없는 것도 아니다.

연예인과 소속사는 동반자이지, 속한 물건이 아니다.

"저쪽에서 물건처럼 취급한다면 의리를 지킬 이유는 없다."

노형진의 말에 강수련은 아무런 말도 하지 못했다.

그걸 본 노형진은 한숨이 나왔다.

'망할 새끼.'
강수련은 의리를 버리는 타입이 아니다.
그런데도 노형진의 말에 아무런 말도 못 한다는 것은 그만큼 지쳐 버렸다는 뜻이다.
"이 부분은 걱정하지 마. 내가 알아서 할 테니까."
노형진은 보물을 지킬 힘이 없는 자에게 보물을 남겨 둘 생각이 없었다.

"계약이 해지되었다고요?"
"그래, 넌 공식적으로 이제 대룡엔터테인먼트 소속이야."
"네? 하지만……."
강수련이 봤을 때 욕심 많은 사장인 천문광은 자신을 그렇게 쉽게 놔줄 사람이 아니었다.
그런데 이렇게 쉽게 풀어 주다니?
"쉽게는 아니었다."
노형진은 피식 웃었다.
아니나 다를까, 천문광은 터무니없는 조건을 부르면서 계약을 해지하지 못하겠다고 우겼다.
'뭐, 말로 안 되면 주먹이 답이기는 하지.'
노형진은 제대로 일도 하지 않은 천문광에게 그런 터무니없는 돈을 줄 생각이 없었기 때문에 나지막하게 경고했다.
대룡과 전쟁을 하고 싶다면 한번 해 보라고.
과연 자신과 대룡을 동시에 싸워서 이길 수 있겠느냐고.
그러자 그 말을 들은 천문광의 얼굴이 사색이 되었다.
노형진과 대룡이 연예계에 가지는 영향력을 알고 있기 때문이다.
거기에다 자신이 일이라도 제대로 했다면 어디에 읍소라도 해 보겠는데 그러지 않았다는 걸 다른 사람들이 뻔하게 알고 있으니, 결국 읍소해도 돌아오는 것은 비웃음뿐이었다.
결국 그는 울며 겨자 먹기로 계약을 해지할 수밖에 없었었다.
"그럼 바로 활동하는 건가요?"
"그건 좀 무리인 것 같구나."
"네? 왜요?"
"페가수스인지 뭔지 하는 놈들이 난리를 피우고 있어."
"아……."
강수련은 고개를 푹 숙였다.
자신을 자살 미수로 몰아넣은 자들인 페가수스.
그들은 자신이 살아났다는 기사에 뒈져라, 차라리 죽었어야지 등등 이루 말할 수 없는 모욕을 하고 있었다.
'천문광이 고개를 흔들 정도이기는 한데…….'
노형진은 지난 며칠간 DD409의 팬클럽인 페가수스에 대해 알아보고는 말 그대로 학을 떼고 말았다.

'광신도 정도가 아니라 미친놈 같다니까.'

그들은 이런 짓을 한 게 처음이 아니었다.

전에는 드라마에서 키스 신을 찍었다고 배우 하나를 거의 생매장시킬 듯 난리 법석을 떨었고, 예능에서 서로 마주 보면서 웃었다고 다른 연예인 차량을 박살을 내고 도망갔다.

심지어 멤버가 외국인 여배우와 SNS를 한다는 사실이 알려지자 해당 여배우의 SNS를 초토화시키기도 했고, 신인 가수 중 한 명의 이름이 DD409의 본명과 같다는 이유로 무차별적으로 악플을 달았다.

"도대체가 무슨 생각인지……."

물론 그들도 정상적인 팬클럽이 있기는 하다.

하지만 그들은 정상적이기 때문에 힘이 없었다.

상식적으로 미친놈과 정상적인 놈이 싸우면 미친놈이 이긴다. 아무리 정상적인 팬클럽이 노력해도 드러나는 것은 미친년들뿐이었다.

"그들을 적으로 돌리면……."

강수련은 부르르 떨었다.

그들을 적으로 돌리면 다른 적이 나타날 때까지 집요하게 괴롭힌다.

그 덕분에 많은 사람들이 자의 반 타의 반 휴식기를 가지기도 했다.

그녀의 경우는 열애설에 실수까지 더해져서 자살 직전으

로 몰렸고 말이다.

"그들을 적으로 돌리면 뭐?"

물론 노형진은 비웃음만 나올 뿐이었다.

"그 애들은 자신들이 무지하게 강한 줄 알지? 그런데 그거 사실 애들 장난이야. 법적으로 괴롭히는 방법이 얼마나 많은지 알아?"

"네? 설마……?"

"그쪽에서 싸우자는데 난 물러날 생각은 없는데?"

"아저씨! 그러면 큰일 나요!"

페가수스는 말 그대로 악질적인 집단이다.

무차별적인 공격을 통해 연예인들을 매장시키는 집단.

"알아."

노형진은 고개를 끄덕거렸다. 하지만 이대로 물러날 수는 없었다.

"그들은 팬클럽이라고 하지만 실제로는 테러 단체일 뿐이야. 네가 이번에 물러나면? 그 후에는 다른 사람이 표적이 되겠지? 그리고 그 후에는? 그렇게 계속하다 보면 누군가 자살할지도 몰라."

강수련은 아무런 말도 하지 못했다.

자신만 해도 자살할 뻔했다.

만일 코디가 오지 않았다면 자살은 성공했을지도 모른다.

정신력이 강한 그녀마저 못 버틸 만큼 그들은 집요했다.

"그러면 악플러들이 과연 '아, 내 실수로 사람이 죽었구나.' 하고 반성하고 다시는 안 그럴 것 같아? 천만에. 악플러들은 내가 이겼다고 히죽거리면서 다른 표적을 찾아갈 뿐이야."

절대로 악플러들은 반성하지 않는다.

그들이 반성하는 경우는 단 하나, 자신들이 손해를 입을 때뿐이다.

아니, 그마저도 반성이라기보다는 후회라고 봐야 한다.

그들은 피해자에 대해 미안함을 전혀 품지 않을 테니까.

"인간은 가끔 모가지에 칼이 들어와야 반성한다. 그들에게 칼이 필요하다면 내가 칼을 들이밀어 줄 거야."

"그러면……."

"의뢰비는 걱정하지 마."

그녀는 대룡에 속해 있고, 대룡은 변호사 비용을 낼 능력이 충분하다.

"하지만 결국 중요한 건 너의 결정이겠지."

악플러들이 활개를 치는 가장 큰 이유는 연예인들이 선처해야 한다는 일종의 강박관념을 가지고 있기 때문이다.

그걸 이용해 악플러들은 끊임없이 연예인들을 괴롭힌다.

"……."

강수련은 고민이 많았다.

섣불리 잘못 건드렸다가는 연예계에서 매장당할 수도 있다는 사실을 알고 있기 때문이다.

"넌 내가 어설프게 건드릴 거라 생각하니?"

노형진은 그런 강수련을 어깨를 잡으면서 눈높이를 맞췄다.

"아니요."

노형진의 눈을 보면서 강수련은 마음을 굳혔다.

자신의 앞에 있는 사람은 노형진이다.

누구도 자신을 구해 줄 수 없다고 생각하는 상황에서 자신을 구해 준 사람.

법조계에서 천재라 불리는 사람.

그리고 악인들에게는 악마라 불리는 사람.

"그럼 부탁할게요."

강수련은 고개를 끄덕거렸다.

그러자 노형진은 씩 웃었다.

"그래, 이번 싸움은 기대해 봐. 참 볼만할 테니까."

노형진은 미소로 불안해하는 강수련을 다독거렸다.

하지만 강수련은 이 미소가 누군가에게는 악마의 미소가 될 거라는 걸 알고 있었기 때문에 그저 그들의 불운에 씁쓸하게 웃을 수밖에 없었다.

노형진은 바로 다음 날부터 일을 시작했다.

아르바이트생을 고용해 인터넷에서 강수련과 관련되어서

허위 사실 유포나 명예훼손을 하는 사람들과 관련된 증거를 모으기 시작한 것이다.

"이런 수위도 채증해 놔요?"

노형진은 아르바이트생이 가지고 온 스샷을 보고 고개를 흔들었다.

"이건 단순한 불만이잖아요."

노형진이라고 해서 무조건 강수련과 관련된 글을 고소할 생각은 아니었다.

"이 글은 강수련이 친하게 지내는 게 싫다 정도니까 놔둬요. '강수련, 두고 보자.' 같은 식으로 저주하는 것도 질투의 일부니까 봐주고요."

"그럼요?"

"죽여 버린다는 식의 협박이나 개년이니 뭐니 하는 식으로 욕하는 인간과 말도 안 되는 터무니없는 헛소리를 하는 놈들 위주로 채증해요."

"네."

알바생은 그렇게 확인하고 자리로 돌아갔다.

송정한은 그걸 보고 고개를 갸웃했다.

"당장 다 죽일 것처럼 굴더니?"

"원래 팬이라는 게 섭섭한 감정이 없으면 그게 이상한 거죠. 보살도 아니고 그런 게 없으면 둘 중 하나죠. 아주 오래 활동한 사람 팬들이라 팬들도 나이가 많든가 아예 팬이라는 게 없든가. 그게 아무리 가짜 열애설이라도 말이지요. 그러니 그 부분은 수용해 줘야 합니다. 뭐, 설사 고발한다고 해도 그런 부분은 통과되지 않을 테니까."

"법적인 경험인가?"

"아니요. 덕질의 경험입니다."

노형진은 씩 웃었다.

노형진도 유명하지 않은 가수들을 덕질하는 사람이다.

당연히 팬들의 감정을 이해한다.

하지만 그렇기 때문에 강수련에게 테러를 가하는 사람들을 더욱더 용서할 수가 없었다.

"팬이라는 것은 소유욕도 필요하지만 반대로 어느 정도 중립적 감정도 필요합니다. 그 감정을 넘어서면 그건 팬이 아니라 스토커예요."

"이번에 마구 떠드는 놈들처럼 말이지?"

"네."

노형진은 그 부분에 대해서는 조심하고 있었다.

그럴 수밖에 없는 게, 노형진의 파워면 지금 당장 덕질 하는 걸 그룹을 침대로 끌어들일 수 있다.

하지만 노형진은 그걸 알기 때문에 도리어 더욱 조심할 수밖에 없었다.

"더군다나 덕질하다 보면 기자들이 심심하면 개소리하는 거 다 알거든요."

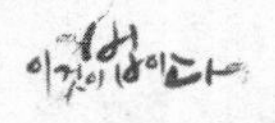

"쩝……."

가령 진짜 열애해도 친분이 있거나 이슈가 되지 않는다고 생각하면 기사로 쓰지 않는 게 기자다.

하지만 이번 경우처럼 이슈만 될 것 같다고 하면 본 적도 없는 연예인을 서로 엮어 버리는 것도 기자다.

"그러니까 팬으로서 마음에 들지 않아서 공격한다는 건 그냥 핑계다 이건가?"

"네."

그들은 다른 이유로라도 사고를 칠 인간들이다.

그저 이번 대상이 강수련이 되었을 뿐이다.

'천문광이 그랬지.'

시끄럽게 싸우느니 참고 지나가기를 기다리는 게 좋다고.

그러면 넘어간다고.

다른 표적이 생기면 거기로 간다고.

'진짜 팬심이 있다면 그럴 리 없지.'

그들은 그저 자신들이 남들과 다르다는 것을 공격으로 보여 주고 싶을 뿐이다.

"하지만 이렇게 고소하는 게 효과가 있을까?"

"네?"

"아니, 솔직히 고소해 본 사람들이 없는 건 아니잖나?"

악플러들과 연예인의 물고 물리는 싸움은 오래전부터 있었다.

인터넷이라는 매체가 생긴 이래로 계속 존재했다고 봐도 무방하다.

그런데 언제나 패턴은 똑같다. 연예인은 고소하고, 그 후에 잡히면 이런저런 이유로 용서해 주고.

"그런 패턴이 문제입니다. 사람들은 아예 이제는 연예인들이 용서해 줄 거라 생각해서 만만하게 보고 달려드는 겁니다."

"그렇기는 한데 솔직히 형사처벌을 받게 하는 것도 힘들잖아."

"민사가 있잖아요."

"그건 최악인 것 같은데?"

민사란 말 그대로 돈으로 배상금을 받아 내는 거다.

그런데 연예인은 이런 경우 도리어 불리하다.

형사야 자기 보호 차원에서 한다고 하지만, 민사는 순전히 돈을 목적으로 하는 것이다. 당연히 사람들 사이에서 돈독이 올랐다고 구설수에 오를 수 있다.

"하하하, 설마 제가 그런 걸 예상하지 않았겠습니까?"

"음? 그럼 형사로 끝내게? 하지만 아까랑 똑같을 텐데?"

용서해 주면 과거를 답습하는 꼴이 된다.

"우리가 하는 형사소송에서 합의는 없습니다."

"그럼 끝까지 간다고?"

"네."

"흠……."

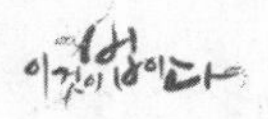

송정한은 대충 이해가 갔다.

끝까지 간다는 건 단호한 의지를 보여 준다는 뜻이기도 하다.

하지만 사실상 효과는 거의 없다.

그럴 수밖에 없는 게, 이런 일의 경우 연예인이 용서해 주지 않아도 검사와 판사가 알아서 용서해 주는 식이기 때문이다.

"그렇다고 우리가 형사에 끼어들 수는 없고……."

"압니다. 그러니까 민사로도 가야지요."

"엉?"

노형진의 말에 송정한은 기가 막히다는 얼굴이 되었다.

"그건 최악의 선택일세. 돈독이 올랐다고 사정없이 까일 거야."

"아니요. 이번에도 수련이를 한번 영웅으로 만들어 보려고요."

"뭐?"

"수련이를 영웅을 만들 겁니다. 그리고 그걸 거절하는 사람들한테는 지옥이 보이겠지요, 후후후."

노형진은 이번에 이 망할 시스템을 아예 붕괴시킬 작정이었다.

"기다려 보세요. 처분 결과 통지서가 오면 그때부터가 본격적인 작업입니다."

송정한은 어깨를 으쓱했다. 기다리겠다는 뜻이었다.

얼마 후부터 처분 결과 통지서가 날아오기 시작했다.

아니나 다를까, 대부분의 처분 결과 통지서는 집행유예 정도로만 날아왔다.

'역시 처벌할 생각이 없다는 뜻이네.'

하루 이틀 당한 게 아니다.

그리고 연예계도 그걸 알기 때문에 용서한다는 퍼포먼스를 벌이는 것이고 말이다.

어차피 고소해 봐야 처벌을 받지 않으니까.

하지만 노형진은 그렇게 쉽게 물러날 생각이 없었다.

"수련아, 준비 끝났지?"

"네."

강수련은 단정하게 옷을 입고 고개를 끄덕거렸다.

"돈 안 아까워?"

"장기적으로 보라고 하셨잖아요. 이번 일은 저한테 단기적으로는 힘들지 모르지만 장기적으로 이미지에 좋은 영향을 줄 거예요."

"그렇지. 우리 수련이, 어른 다 되었네."

노형진은 그렇게 말하면서도 한편으로는 안쓰러웠다.

'도대체 얼마나 잔인했으면.'

이렇게 독한 아이가 자살까지 몰렸던 건지 치가 떨릴 정도였다.

"뭐, 이번 일로 욕할 사람은 대부분 가해자일 거야. 알지? 그러니까 인터넷에서 뭐라고 하든 넌 신경 쓰지 마."

"안 쓸래요."

강수련은 고개를 끄덕거렸다.

"그럼 나가자."

노형진이 강수련을 데리고 바깥으로 나가자 기자들이 기다리고 있었다.

"강수련 양이 이번에 사건과 관련해서 중요한 발표를 한다고 하던데요?"

기자들도 이번 사건에서 강수련이 고소한 것을 알고 있다.

그리고 다른 연예인들과 다르게 용서 없이 끝까지 간 것도 알고 있었다.

그래서 여론 한구석에서는 독한 년이라면서 욕하는 사람들도 적지 않았다.

'그런 말은 오늘부로 싹 사라진다.'

노형진이 그렇게 만들 생각이었다.

그리고 다시 소녀 영웅 강수련의 모습이 전면에 나설 것이다.

당연히 그녀를 욕하던 여론은 뒤집힐 것이다.

"제가 발표하고자 하는 것은 이번 사건의 결과와 추후 진행에 관해서입니다."

"결과? 진행?"

결과는 다들 알고 있다.

그럴 수밖에 없는 게 고소당한 페가수스의 회원 중 한 명이 자랑스럽게 자신이 집행유예를 받았다는 걸 인증했고, 그걸 본 다른 회원들이 집행유예를 받은 것을 인증하는 유행이 번졌던 것이다.

그리고 처벌받지 않는 것을 안 악플러들은 강수련을 욕하고 있었다.

"결과는 다들 아실 거라 생각합니다. 저에게 고발당한 사람들이 자신들이 처벌받지 않는다고 자랑스럽게 떠들고 다니니까요."

"……."

그 부분에 기자들도 약간은 안타까웠다.

아무리 기자들이지만 이런 사실을 모르는 건 아니니까.

하지만 그다음 말은 그들을 당황하게 만들었다.

"그렇기 때문에 저는 그들에게 대해 민사소송을 진행할 생각입니다."

"뭐라고요?"

"민사?"

지금까지 없었던 일이다.

지금까지 연예인이 악플러를 상대로 민사소송을 한 적은 없었다.

"그럼 그 돈을 다 받겠다는 겁니까?"

"네."
"허."
"그건 악수인데요?"
기자들조차도 우려할 수밖에 없었다.
그만큼 대한민국은 연예인이 소송을, 그것도 민사를 한다는 것에 대해 부정적으로 본다.
'이게 무슨 개소리인지.'
물론 노형진의 입장에서는 어이가 없는 일이다.
연예인이라고 해도 사람이고 감정을 가지고 있다.
그런데 연예인이라고 민사를 못 한다니.
'뭐, 나중에 하자, 나중에.'
아무리 노형진이라고 해도 그런 사회적 분위기를 한 번에 바꿀 수는 없다.
그렇기 때문에 이번 일을 계획한 것이다.
"현재 고소된 사람들 중 결과서가 나온 사람들은 대략 1,100명. 그들 전원에 대해 민사를 진행할 것입니다. 물론 합의는 해 드립니다."
"그러니까 어찌 되었건 돈을 받겠다 이겁니까?"
"네."
"그건 말 그대로 소탐대실입니다."
기자들조차 부정적인 말을 하는 그 순간 강수련은 다음 말을 꺼냈다.

"하지만 그 돈을 받는 것은 제가 아닙니다."

"네?"

"돈을 받는 곳은 수련 씨가 아니라고요?"

"전 연예인으로서 여러분들의 사랑과 관심을 받으면서 자랍니다. 돈이라는 것은 있으면 좋지만 이렇게 소송하면서까지 받아 내고 싶은 생각은 없습니다."

"하지만 방금은 민사를 하신다고……."

"민사는 말 그대로 제가 욕먹을 각오를 하고 다른 분들을 돕고자 하는 것입니다."

"돕는다?"

"제 합의 조건은 이렇습니다. 제가 말씀드리는 단체에 1인당 100만 원을 기부하시고 이번 사건에 관해 한 장 내외의 자필 반성문을 제가 만들어 둔 사이트에 올려 주시면 민사는 없었던 일이 됩니다."

"네?"

그건 어려운 합의 조건이 아니다.

한 장 내외의 자필 반성문이야 쓰는 건 일도 아니다.

더군다나 강수련이 말하는 단체 이름을 듣고 기자들은 탄성을 내질렀다.

"위안부 할머니들이 계시는 위안부 피해자 모금회, 새생명 미혼모의 집, 꿈나무 보육원……."

돈을 줘야 하는 대상이 사회적 약자들이었던 것이다.

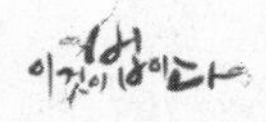

"이분들은 도움이 절실히 필요합니다. 하지만 여러 가지 사유로 국가로부터 일절 지원을 받지 못하고 있습니다. 제가 이번에 고소당한 사람은 100만 원씩 기부해 주십시오. 한 분당 100만 원이면 1천 명만 돼도 10억입니다. 이분들에게는 큰 도움이 될 것입니다. 실수한 걸 가지고 그러느냐고 하는 분도 있을 수 있습니다. 하지만 스스로 실수에 대한 가치를 알면 다시는 같은 실수를 하지 않는 법이라고 저는 믿습니다. 물론 금전적 여건으로 인해 지급하지 못하시는 분들은 그걸 증명할 수 있는 서류를 보내 주시고 반성문만 사이트에 올려 주시면 됩니다. 다른 분들은 기부하고 난 후 그 영수증을 저에게 보내 주시면 됩니다."

"역시 강수련!"

기자들은 탄성을 질렀다.

스스로 나와서 싸웠던 강수련의 이미지가 아직 남아 있었다.

강수련은 그 이미지에 맞는 요구를 하고 있었던 것이다.

"대단해……."

기자들은 자신도 모르게 손뼉을 치고 있었다.

그걸 보면서 노형진은 씨익 미소를 지었다.

적반하장도 유분수지

“분위기가 한순간에 바뀌었어.”

“그렇지요?”

얼마 전까지만 해도 고소한다고 안 좋았던 분위기가 그 인터뷰 이후에 완전히 바뀌었다.

여론은 이쪽으로 넘어왔고, 사람들은 강수련을 칭찬하기에 바빴다.

“일이 넘쳐서 죽을 맛이네요.”

“거봐. 내가 놓친 만큼 더 들어온다니까.”

강수련은 완전히 힘을 찾았다.

사람들이 그녀만 보면 잘한다고 치켜세우니 심적으로 안정된 것이다.

"맞는 것 같아요."

합의금을 받지 않는 대신에 그것보다 훨씬 많은 광고와 방송을 찍을 수 있으니 강수련의 입장에서는 손해 볼 게 없다.

"그래그래, 이번에는 참 잘한 것 같네."

송정한 역시 눈물을 찔끔 흘릴 정도로 감동을 먹었다.

이제 대한민국에서 강수련을 욕하는 사람들은 극히 드물었다. 페가수스의 극성 분자들만 남의 돈으로 티 낸다면서 싫어할 뿐이었다.

"반성문은 어때요?"

"실시간으로 올라오고 있네."

대부분의 사람들은 영수증과 함께 반성문을 올렸다.

금전 사정이 좋지 못한 사람들은 증명할 서류와 함께 보내주면 인정했기 때문에 불만을 토로하는 사람은 생각보다 적었다.

"저기, 노 변호사님?"

그때였다.

문이 열리면서 들어온 직원은 곤란한 표정을 지으면서 노형진을 바라보았다.

"또 온 겁니까?"

"네."

"거참…… 징하네."

노형진은 짜증을 내면서 바깥으로 나왔다.

"변호사님, 저도……."

"아니야. 넌 송 변호사님이랑 있어. 여기에 네가 있다고 하면 더 진상질을 할 거야."

"네."

"좀 봐주세요."

"알았네."

송정한도 누군지 알아챈 건지 얼굴을 찌푸렸다.

밖으로 나가 찾아온 사람들 앞에 섰다.

"여기에 자꾸 오시면 어쩝니까? 합의 조건은 전에도 말씀드렸을 텐데요?"

그들 앞에 있는 사람들은 노형진을 보자 언성부터 높였다.

"거, 애들이 그럴 수도 있지!"

"진짜 사람이 독하네. 애한테 그렇게 돈을 뜯어내면 좋아?"

"연예인이라는 년이 왜 이리 독해?"

"그년 나오라고 해!"

소리를 버럭버럭 지르는 인간들.

그들은 다름 아닌 고소당한 사람들과 그들의 가족이었다.

"하아."

노형진이 이렇게 한숨을 쉬는 건 다 이유가 있었다.

'이 망할 놈들을 어쩐다.'

이 녀석들은 반성하는 마음으로 용서를 '구하는' 게 아니다.

연예인이니까, 그리고 고소당한 사람이 학생이니까 무조

건 용서해야 한다면서 마치 자신들의 권리를 찾듯이 용서를 '요구하고' 있는 것이다.

'미친 새끼들. 용서는 구하는 거지, 요구하는 게 아니다.'

그들이 용서를 요구하는 건 두 가지 때문이었다.

기부를 해야 하는 100만 원이 아깝거나 반성문을 쓰는 것이 자존심 상하거나.

그들의 머릿속에 자신들이나 자신들의 아이가 잘못했다는 생각은 눈곱만치도 없었다.

"전에도 말했다시피 합의 조건 아니면 합의 없습니다. 보아하니 다들 좀 사시는 분들 같은데, 그냥 좋은 데 쓴다고 생각하고 기부하세요. 좋잖습니까? 그리고 기부한 거 손해도 아니잖습니까? 여러분들이 기부한 거 세금 공제되는 거 아시죠?"

공식적으로는 합의금을 기부하는 거지만 결과적으로 말하면 이들은 기부한 금액을 세금에서 공제받는다.

즉, 100만 원어치 세금을 내지 않는 것이다.

당연히 손해 보는 것은 아니다. 노형진이 생각 없이 100만 원을 정한 게 아니다.

일반인이 기부하고 소득공제를 받을 수 있는 수준. 그게 딱 100만원 정도였다.

결국 서로 윈윈할 수 있는 기회를 준 것인데, 저들은 그걸 내지 않겠다고 이렇게 매일같이 찾아와서 행패를 부리고 있는 것이다.

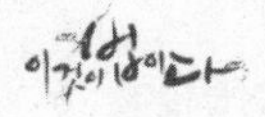

"돈이 없어서 못하는 게 아니라 어린년이 괘씸해서 그래."

"맞아. 나이도 어린년도 돈독이 올라서는."

"돈 달라고 한 적 없습니다."

"어찌 되었건 페이백으로 돌려받을 거 아냐."

'아니, 우리가 자기들 같은 줄 아나?'

노형진이 발끈하려는 찰나, 더 웃기는 일이 벌어지기 시작했다.

"여러분, 안 되겠습니다. 우리, 그년의 집으로 갑시다."

"그럴까요?"

"가서 사과라도 받지 않으면 화가 나서 잠도 못 자겠어요."

"우리 딸이 지금 화가 나서 얼마나 방방 뛰는지 알아요? 당장 그년 집으로 가서 끌어내서 사과하라고 합시다!"

적반하장도 유분수지, 심지어 그들은 강수련에게 사과하라고 요구할 심산이었던 것이다.

'이런 미친 새끼들.'

얼마나 어이가 없는지 입을 쩍 벌리는 노형진.

그들은 그런 노형진을 내버려 두고 강수련을 욕하면서 몰려 나갔다.

"진짜 우리 집으로 가는 거예요?"

눈치를 보면서 안에 있던 강수련은 걱정스럽게 물었다.

"아마도 과거 주소로 가겠지."

"과거 주소?"

"그래, 네가 이사한 곳은 저들도 모를 거야."

안전을 위해 현재 강수련이 이사한 새로운 집 주소는 아무도 모른다.

하지만 과거 강수련의 주소는 과거 소속사가 제대로 관리하지 않아 인터넷에서 찾아보면 뜨니 그쪽으로 갔을 가능성이 높다.

"그런데…… 진짜 저걸 두고 볼 건가?"

송정한 변호사도 기가 막히다는 얼굴이었다.

"내가 살다 살다 뻔뻔한 인간을 많이 봤지만 거참……."

저들은 가해자다.

그런데도 도리어 반성은커녕 강수련에게 사과를 요구하고 있었다.

"잘만 하면 합의금 달라고 하겠는데요."

"절대 그 말이 농담으로 안 들리네."

노형진은 농담 삼아 한 말인지도 모르겠지만 송정한이 봤을 때는 저런 인간들이면 그러고도 남을 듯했다.

"어떻게, 가만둘 건가?"

"그럴 리가요. 전에 언론에도 말했지만 다른 조건으로는 합의하지 않습니다. 저쪽에서 거절했으니 당연히 우리가 역관광으로 영혼을 털어 줘야지요."

"하지만 어떻게?"

"잘요."

"그래?"

송정한은 그들이 나간 방향을 바라보면서 중얼거렸다.

"쯧쯧, 영혼도 안 남겠구먼."

그건 절대 농담이 아니었다.

⚖

"야, 너 아직 합의하지 않았다면서?"

"엄마가 그년 끌어다가 내 앞에 무릎 꿇게 만든대."

"헐…… 하긴, 너희 엄마는 그럴 만하지."

백혜선은 친구들과 깔깔거리면서 집으로 가고 있었다.

페가수스의 운영진인 그녀의 어머니는 상당한 힘을 가진 사람이다. 아파트에서도 부녀회장을 하면서 강한 힘을 가지고 있었다.

그녀는 백혜선에게 걱정하지 말라고 자기가 다 해결한다면서 쫓아다니고 있었다.

엄마의 힘을 알고 있는 백혜선은 두려울 게 없었다.

"기다려 봐. 그년이 나타나서 나한테 잘못했다고 싹싹 빌 거야. 그러면 인터넷에다가 찍어서 올려야지."

"너무한 거 아냐? 그래도 변호사도 있는데."

"어쩔 건데? 우리 아빠가 방송국 PD야. 그런 년을 출연 금지시키는 건 일도 아니라고, 깔깔깔, 진짜 웃겨. 우리 오빠들도 제대로 모르는 년이 무슨 연예인이야?"

"그러게?"

그녀는 고등학교 1학년이라 아직 어리긴 하지만 사회 구조가 어떤지는 잘 알고 있다. 그러니 방송국 PD의 힘이 절대적이라는 것도 잘 알고 있었다.

"기다려 봐. 조금 있으면 내 앞에서 질질 짜면서 빌 테니까."

"그럼 봐줄 거야?"

"미쳤어? 우리오빠한테 꼬리를 치는 미친년인데."

백혜선은 절대로 강수련은 용서하고 싶은 마음이 없었다.

어차피 대한민국은 미성년자에게 무척이나 관대하다.

그 증거로 이미 자신은 집행유예가 나왔다.

자신이 처벌받을 일은 없는 것이다.

"호호호."

그녀는 웃으면서 친구들과 함께 집으로 향하고 있었다.

그때 갑자기 전화가 걸려 왔다.

"여보세요. 아, 엄마. 내가 친구들하고 있을 때는 전화하지 말라고 했지!"

일단 엄마인 걸 확인하고는 버럭 화내는 백혜선.

그런데 그다음에 들린 말이 박혜선의 귀를 의심하게 만들었다.

-혜련아! 지금 큰일 났다!

"응?"

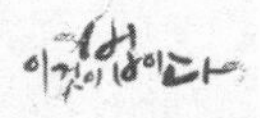

–집에 압류가 들어왔잖어!

“아니, 엄마, 그게 무슨 말이야? 압류가 들어오다니? 왜 압류가 들어와?”

–그 강수련인지 뭔지 하는 년이 압류를 걸었어!

어머니의 말에 백혜선은 뭔가 이상하다는 생각이 들었다.

“미안한데, 나 먼저 갈게.”

그녀는 친구들에게 말하고는 황급하게 집으로 달려갔다.

그러자 건장한 사람들이 집 안에 딱지를 붙이고 있는 것이 보였다.

“아이고, 아이고! 안 돼! 혜선아, 이게 무슨 일이니? 응?”

그녀의 어머니는 백혜선을 보자마자 대성통곡을 했다.

다짜고짜 몰려온 사람들이 갑자기 법원 명령이라면서 집에다가 딱지를 붙이기 시작했던 것이다.

그런데 그 법원 명령의 가해자는 다름 아닌 딸인 백혜선이었다.

“이게 무슨……. 아저씨! 뭐예요! 지금 뭐 하는 거예요!”

백혜선은 다급하게 근처에 있는 사람에게 매달렸다.

그러자 그 근처에 있는 사람, 즉 노형진이 웃으면서 그녀에게 법원의 명령서를 보여 줬다.

“보다시피 법원 명령으로 가압류 중이란다.”

“네? 왜요?”

“글쎄, 이집에 있는 누군가가 탤런트 강수련을 모욕하면서 허위 사실 유포를 했거든. 그래서 압류하는 거지."

백혜선은 얼굴이 창백해졌다. 그건 자신이다.

물론 노형진도 그걸 알고 있다.

"그…… 그건……."

"그래그래, 말하지 않아도 안다. 네가 한 거겠지."

"근데 왜 우리 집 재산을 압류해요!"

"현행법상 미성년자가 저지른 범죄는 부모가 책임지게 되어 있거든. 형법적으로 대신 감옥에 갈 수는 없지만 민법적으로는 그 손해배상을 하게 되어 있으니까."

그러니까 자신이 인터넷에 써 둔 말 때문에 자신의 집에 압류가 들어왔다는 소리다.

"그런 게 어디 있어요!"

"여기 있지."

노형진은 빙긋 웃었다.

그녀는 억울하겠지만 그게 법이다.

사실 모욕당하는 연예인들이 참아서 그렇지, 끝까지 싸우려고 한다면 연예인들이 불리할 건 하나도 없다.

'어차피 형사로 가 봐야 의미 없다.'

형사에 관해서는 철저하게 검사와 판사의 판단을 따른다.

그들에게 피해자의 의견은 전혀 의미가 없다.

당장 이번 사건만 해도 수천 명을 고소했는데 벌금이 나온 사람은 채 서른 명도 안 된다.

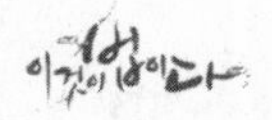

나머지는 모조리 집행유예다.

하지만 민사는 다르다.

"현행법상 모욕 및 명예훼손, 허위 사실 유포에 관해 처벌할 때는 상대방이 얼마나 잘 알려져 있는지가 판단의 기준이 되지."

노형진은 멍하니 정신이 나가 있는 백혜선을 보면서 천천히 말하기 시작했다.

사실 백혜선을 첫 타깃으로 잡은 건 그녀가 단순한 악플러가 아닌 사실상 소문을 생산하는 최초 유포자이기 때문이다.

더군다나 그녀는 그녀의 아버지가 PD라는 특성상 더 신빙성을 가지고 더 빠르게 퍼졌다.

"그리고 강수련은 피해자들을 구하기 위해 목숨의 위협까지 받으면서 탈출해 세상에 만구파의 만행을 알려 전 국민이 알고 있는 아이야. 그리고 지금은 연기자로서 열심히 살아가고 있지. 대한민국 사람 중에 과연 강수련이라는 이름을 모르는 사람이 얼마나 될까?"

"……."

백혜선은 아무런 말도 할 수가 없었다.

장담하는데 대한민국 사람 중에 강수련이라는 이름을 모르는 사람은 없다고 봐도 무방하다.

연예계에 관심이 없어도 만구파 사건은 너무도 유명해 알 수밖에 없기 때문이다.

그런 영웅적 모습 덕분에 쉽게 연예계에 들어온 것이 사실이기도 하고 말이다.

"그렇다면 그런 강수련에 관해 명예훼손과 허위 사실 유포를 했을 경우 과연 배상금이 얼마나 나올까?"

"……."

말을 할 수가 없었다.

노형진은 그녀의 귀에 대고 작게 중얼거렸다.

"못해도 3천 이상은 나올 거다."

그 말을 들은 백혜선은 자신도 모르게 다리가 풀려 털썩 주저앉았다.

⚖

"아차 싶은가 보네."

노형진은 이제 와서 뒤늦게 후회하는 사람들을 보고 피식 웃었다.

"그렇겠지요."

쉽게 봐주는 듯하니까 만만하게 본 것이 그들의 실수였다.

그러나 그런 말이 있지 않은가? 순한 사람이 화가 나면 더 무섭다고.

"그래서 전부 가압류한 건가?"

"네."

"100만 원이면 무척이나 싼 건데 말이지."

"그렇지요."

노형진이 백혜선에게 말했던 대로 대한민국에서 명예훼손의 손해배상 규모는 상대방이 얼마나 유명한가에 따라서 바뀐다.

그리고 여러 가지 이유로 강수련은 엄청나게 유명하다.

"결국 그런 사람이 있는 법이지요."

목이 칼이 들어오기 전에는 자신이 뭘 잘못했는지 모르는 사람.

그런 사람들은 아무리 기회를 줘 봐야 이해하지 못한다.

"그럼 전 재판 다녀오겠습니다."

노형진은 송정한에게 말하고 바로 재판정으로 향했다.

오늘은 명예훼손을 한 사람에게 민사하는 날이었다.

'완전히 똥 씹은 얼굴이구먼.'

노형진은 피고석에 앉아 있는 남자를 보면서 피식 웃음이 나왔다.

그럴 수밖에 없다.

그는 100만 원이 아까워서 끝까지 자기가 잘못하지 않았다고 버텼던 사람이다.

그런데 그의 옆에 앉아 있는 변호사에게만 못해도 400만 원은 줬을 테니 똥 씹은 얼굴일 수밖에 없다.

"재판장님, 이번 사건에 대해 피고는 반성하고 있습니다.

하지만 원고 측의 무리한 요구로 인해 합의에 이르지 못한 점을 감안하여 주시기 바랍니다."

상대방 변호사의 말에 의하면 강수련이 무리한 요구를 해서 합의하지 못했다는 건데, 노형진으로서는 기가 막힌 말이었다.

"재판장님, 피고 측 변호사에게 한마디만 물어봐도 되겠습니까?"

"하세요."

"피고 측 변호인, 그래서 이번 선임료를 얼마나 받았습니까?"

"네?"

"선임료 말입니다."

"그거야……."

말하지 못하는 피고 측 변호인.

합의금의 조건은 누구나 다 알고 있는 상황이다.

그러니 자신이 그것보다 훨씬 많이 받았다는 걸 말하는 순간 자신의 변론이 힘을 잃어버린다.

"20만 원 받았습니다."

"그거, 증언대에서 증언하실 수 있는 겁니까?"

"……."

할 수가 없다. 증언대에서 말하게 되면 위증한 게 되니까.

"이상입니다."

노형진은 더 이상 말하지 않았다.

그걸 본 판사조차도 코웃음을 쳤다.

그럴 수밖에 없는 게 전 국민이 합의 조건에 대해 알고 있다.

그리고 판사도 변호사 비용쯤은 알고 있다. 아니, 알 수밖에 없다.

"다음 변론, 해 보세요."

하도 터무니없는 변론이다 보니 판사도 넘어가는 분위기.

"에…… 재판장님, 이번 사건은 초등학교에 다니는 어린 아이가 철모르는 마음에 질투심을 가지고 한 일로, 아이의 실수를 가지고 수천만 원의 손해배상을 요구하는 것은 너무 과하게 보입니다."

합의했으면 모를까, 합의를 거부한 이상 청구 금액이 100만 원일 리 없다.

노형진은 그에게 5천만 원의 손해배상금을 요구한 것이다.

"흠."

그 부분에 대해서는 판사도 약간은 곤란한 표정이 되었다.

확실히 아무것도 모르는 아이들이 실수할 수도 있다고 생각했기 때문이다.

'쯧쯧, 고질병 나온다.'

노형진은 그런 판사를 보면서 혀를 끌끌 찼다.

대한민국 판사들의 선처 증후군.

무조건 선처해야 속이 편하다.

특히 상대방이 여자에 아이라면 더더욱 말이다.

"재판장님."

물론 노형진이 그런 걸 예상하지 못할 리 없다.

"그 부분에 대해 원고 측은 다르게 생각하고 있습니다."

"무슨 일이지요?"

"피고 측은 자신의 아이가 질투에 눈이 멀어서 악플을 달았다고 했지요. 안 그렇습니까?"

"네, 그렇습니다."

"그런데 왜 추적한 결과, 피고가 나온 겁니까?"

"피고의 주민등록번호를 아이가 도용하여 가입한 것으로 추정합니다."

'지랄한다.'

물론 그럴 수도 있다. 한 가지만 빼고 말이다.

"알겠습니다. 그러면 피고 측 아이의 나이가 얼마나 됩니까?"

"올해 초등학교 3학년에 올라갑니다."

"그러니까 이 사건을 저지르던 당시는 초등학교 2학년이라는 소리네요?"

"네."

"재판장님, 피고의 말을 반박하기 위해 구글링 내역을 제출합니다."

"구글링 내역?"

그게 뭔지 모르는 판사는 고개를 갸웃했다.

"쉽게 말해서 인터넷에서 해당 아이디에 대해 확인한 겁니다. 이 기록에 따르면 해당 아이디는 6년 전부터 사용한 것으로 되어 있습니다. 보통 부모의 주민등록번호를 쓴다고 하면 닉네임이나 아이디는 기억하기 쉬운 자기 것을 쓰지, 부모 것을 쓰지는 않습니다만?"

노형진의 말에 변호사는 아차 했다.

"작년에 초등학교 2학년이면 올해 열 살입니다. 그런데 같은 닉을 쓴다고요?"

"그건 아이가 같이 쓰다 보니까 기억에 남는 게 부모 것이라서 그러는 것일 수도 있습니다."

"그래요? 그럼 이 부분은 어떻게 생각하십니까? 피고 측 주장에 따르면 그 아이가 썼다고 생각되는 글의 일부입니다. '강수련 그 개년은 나오기도 전에 지 아비랑 붙어먹고 애 지우고 나온 거 아냐? 광신도였다면서? 어떤 놈한테 다리 벌렸는지 알 게 뭐냐?' 또 다른 글을 읽어 보죠. '강수련 그년이 도대체 얼마나 구라질을 잘하면 사람들이 그렇게 껌뻑 속냐? 완전 구라의 달인 아냐? 씨발, 창년.' 지금 이게 고작 열 살, 아니 아홉 살짜리가 썼다고 하는 겁니까? 거참, 애가 천재입니다. 안 좋은 쪽으로요."

피고의 얼굴이 벌겋게 변하기 시작했다.

자신이 봐도 터무니없는 말이었기 때문이다.

"아무래도 워낙 팬이다 보니 욱하는 마음에……."

"그런데 왜 팬이라면서 그와 관련된 글이 전혀 없습니까?"

"네?"
"재판장님, 여기 해당 아이디로 올라온 글을 봐 주시기 바랍니다. 보다시피 원고 강수련에 대한 욕과 저주는 가득한데, 정작 그렇게 좋아하는 팬에 대해서는 한마디도 없습니다. 심지어 활동 자체도 없었습니다."
"헉……."
노형진은 그렇게 말하면서 피고를 노려보았다.
'있을 리가 있나.'
그는 애초부터 분위기에 편승해서 강수련에게 악플을 달기 위해 가입한 놈이다. 그렇다 보니 그런 게 있을 리 없다.
"하지만 애가…… 글을 잘 모르니까……."
"재판장님, 그러면 이 부분은 어떻습니까? 동일한 닉으로 동일한 시점에 모 사이트에 판매된 저작물 기록입니다. 웹하드라 불리는 곳으로 그곳에서 해당 저작물을 불법 유통하여 포인트를 벌도록 되어 있습니다."
"흠?"
"그런데 여기를 보십시오."
노형진은 자신이 제출하는 증거의 한쪽을 가리키며 또박또박 읽기 시작했다.
"일본, 엘프, 맑음, 질사."
"헐?"
그 말을 들은 사람들은 얼굴이 확 붉어졌다.

“피고 측 주장대로라면 이 아이는 열 살 때 이미 포르노에 통달해서 판매책으로 나갔다는 건데…….”

피고 측 변호사는 아무런 말도 할 수가 없었다.

‘그렇겠지.’

웃긴 일이지만 자식에게 죄를 뒤집어씌우는 인간은 적지 않다. 일단 아이들은 처벌이 약하기 때문에 그걸 노리고 뭔 일이 터지면 자기 자식에게 죄를 뒤집어씌우는 것이다.

이번 사건 역시 그런 사건이었다.

“피고, 양심 안 찔립니까?”

피고는 고개를 푹 숙였고, 노형진은 그걸 보면서 혀를 끌끌 찰 수밖에 없었다.

‘애가 불쌍하다, 진짜.’

⚖

“거의 정리된 것 같은데요?”

“한 가지만 빼고 말이지.”

어지간한 건 다 정리되었다.

나중에는 버티던 사람도 아차 싶어서 달려와서 매달리면서 읍소하고 빌었다.

결국 그들은 500만 원으로 늘어난 합의금을 물어낼 수밖에 없었다.

하지만 딱 한 명, 백혜선의 아버지인 백만헌이 문제였다.

"내부의 적이라고 해야 하나…… 이거……."

백혜선의 말도 안 되는 개소리가 어디서 나왔나 했다.

그런데 알고 보니 백만헌이 한 말이 대부분이었다.

"심지어 열애설도 그놈일 줄이야."

이번 사건의 발단이 된 강수련의 열애설.

그것마저도 백만헌의 입에서 나왔다는 말에 노형진은 기가 막혔다.

"혹시 백만헌 아니?"

"전혀요. 전 그분이랑 일해 본 적도 없고 그분 프로에 참여한 적도 없는데요."

그런데 그는 말도 안 되는 헛소문을 퍼트린 것이다.

"거참……."

송정한은 고개를 흔들었다.

"최악이로군."

"최악요?"

"그런 놈들 있지 않나? 말도 안 되는 헛소문을 만들어 내는 놈들."

"아아."

"이 백만헌이라는 PD가 그런 놈인가 봐. 대충 소문을 들어 보니 열애설이니 뭐니 하는 쓸데없는 소문의 출처는 이 녀석인 경우가 많더군."

살다 보면 그런 놈들을 꼭 한 번은 만나게 된다.
제대로 아는 사이도 아니고 관계도 별로 없는데 그에 대해 험담하면서 헛소문을 유포하는 인간들.
백만헌이 그런 인간이었던 것이다.
"그런 녀석이 PD로 있으니……."
기자들이야 떡밥을 얻기 좋겠지만 그 때문에 피해를 볼 연예인들이 한두 명이 아닐 것이다.
"하지만 남의 직장까지 뭐라고 할 수도 없고……."
송정한은 아무래도 마무리가 걱정되는 듯 혀를 끌끌 찼다.
물론 방송국에 항의하면 조정이야 해 주겠지만 기본적으로 방송국과 트러블을 일으키는 것은 자제하는 것이 좋다.
연예인이란 어쩔 수 없이 방송국에 매여야 하는 존재이니 말이다.
"그 부분은 걱정하지 않아도 됩니다."
"응?"
"아직은 쓸 만한 카드가 있거든요, 하하하."
노형진은 피날레로 이 모든 사건의 주범에게 한 방 먹일 준비를 하기 시작했다.

백만헌은 요즘은 자신의 신세가 영 불안했다.

'이상하단 말이야…….'

대대적으로 고소 고발 사건이 들어왔고, 결국 자기 딸에게까지 고소장이 날아왔다.

그래서 이만저만 불안한 게 아니었다.

'그래, 무슨 일 있겠어? 난 PD라고. PD.'

그것도 잘나간다는 예능 PD다.

사실 그는 안 좋은 버릇이 있었다.

예능은 누구든 출연하고 싶어 한다.

그래서 연예인들이 그에게 친한 척을 많이 한다.

그렇다 보니 이런저런 잡소리를 많이 하는 것이다.

쉽게 말해서 그들을 무시하는 버릇이 생긴 것이다.

'당분간은…… 입을 다물고 있어야겠어.'

그는 그렇게 생각하면서 방송국으로 출근했다.

그런데 사무실에 들어갔을 때 그는 자신의 눈을 의심할 수밖에 없었다.

"어? 내 책상? 내 책상 어디 갔어?"

"그…… 글쎄요?"

그의 시선을 피해 이리저리 도망가는 직원들.

백만헌은 그제야 일이 터진 걸 알아차렸다.

"야! 내 책상 어디 있어! 어디 갔느냐고!"

"저도 잘……. 설비 팀에서 빼 갔는데……."

그는 입을 쩍 벌렸다. 그리고 황급하게 바깥으로 나갔다.

"국장님!"
"헉!"
그런데 국장은 그를 보자 소스라치게 놀라면서 몸을 돌렸다.
"국장님, 어떻게 된 겁니까?"
"그냥…… 당분간 쉬라는 의미에서……."
"쉬라니요? 그게 무슨 말씀이십니까?"
"뭐, 말 그대로야. 당분간 강원도 지부에 가서 좀 쉬라고……."
백만헌은 정신이 아득해졌다.
강원도 지부에서 예능을 만들 이유가 없다.
쉽게 말해서 좌천이라는 소리다.
"이…… 이건 아니야……! 이럴 수는 없습니다!"
그는 발악적으로 소리를 질렀지만 국장은 단호하게 몸을 돌렸다.
"남은 짐은 경비실에 있네. 나가면서 찾아가게."
"구…… 국장님!"
"그러니까 내가 몇 번이나 경고하지 않았나."
"……."
국장이 가고 난 후 백만헌은 멍하니 있다가 터벅터벅 경비실로 향했다.
하지만 경비실에는 그를 기다리는 손님이 많았다.
"백만헌 PD님?"
"엉?"

"이번 사태에 대해 어떻게 생각하십니까?"
"사…… 사태라니요?"
"이번 사건의 주범이 PD님이라는 이야기가 있습니다."
"피해자들이 PD님에 대해 고소를 준비한다는 소문이 있는데요."
그가 나오자 매달리는 기자들.
그들의 표적이 된 백만헌은 말 그대로 사정없이 물어뜯기는 기분이었다.
마치 자신이 입을 잘못 놀려서 고통받았던 연예인들처럼 말이다.
"난 몰라요!"
"PD님, 한마디만 해 주시요!"
"난 모른다고! 몰라!"
그렇게 절망적으로 소리를 지르는 모습을 노형진은 먼 곳에서 바라보고 있었다.
"어떻게 한 건가?"
"별거 아니죠. 열애설을 떠든 기자들을 살짝 건드렸습니다. 제대로 배후를 다뤄 주지 않으면 허위 사실 유포로 소송하겠다고요."
"그걸 가지고 백만헌 PD를 노린 건가?"
"이기고 지는 걸 떠나서 피곤하니까요."
백만헌이 정보원으로서 가치가 없다는 건 모두가 아는 사실이다.

가끔 가십이나 흘러나올 뿐이니까.

그런데 상대방은 새론, 그것도 노형진이다.

이기고 지는 걸 떠나서 기자들의 입장에서는 엮이는 것이 상당히 피곤한 일이었다.

"하루 이틀 정도 백만헌을 따라다니면서 취재 흉내를 내다가 모든 죄를 그에게 뒤집어씌우는 게 기자들도 편하겠죠."

"그런가?"

"그럼요."

안 그래도 열애설을 터트린 기자들에게 소송당했던 사람들이 고소한다는 이야기도 돌고 있다.

하지만 이렇게 미리 백만헌에 대해 터트려 두면 사람들의 관심은 그쪽으로 쏠릴 것이다.

"결국은 입이 재앙의 근원인 거죠."

허겁지겁 도망가는 백만헌을 보면서 노형진은 혀를 끌끌 찰 뿐이었다.

다음 권으로 이어집니다.

ROK
MEDIA